Theodor Botschar

Festgabe der Stadt Bistritz

Theodor Botschar

Festgabe der Stadt Bistritz

ISBN/EAN: 9783741166662

Hergestellt in Europa, USA, Kanada, Australien, Japan

Cover: Foto ©Andreas Hilbeck / pixelio.de

Manufactured and distributed by brebook publishing software
(www.brebook.com)

Theodor Botschar

Festgabe der Stadt Bistritz

FESTGABE

DER

STADT BISTRITZ

Den Mitgliedern des Vereines für siebenbürgische Landeskunde gewidmet anlässlich der am 13. und 14. August 1897 in Bistritz abgehaltenen 49. Generalversammlung dieses Vereines.

Verlag der Stadt Bistritz

Druck von Theodor Botschar

1897.

Inhalt:

Bistritzer Familiennamen.

Ein Beitrag zur deutschen Namenkunde

von

Dr. Gustav Kisch.

———

Einleitung.

Die Geschichte unserer Familiennamen ist ein gut Stück deutscher Kulturgeschichte. Sie führen uns — soweit sie aus altdeutschen Personennamen entstanden sind — in die fernste Vorzeit unseres Volkes. Es tönt darin für jedermann, der hören mag, von Helm und Herd, von Schild und Schwert, von gottgeweihten Tieren, vom Wolf und Bär, vom Eber und Aar. Doch als die alten Götter weichen und der Deutsche sich zum Kreuz bekennt, macht ein grosser Teil der alten Namen neuen, fremden, zumeist christlichen Heiligennamen hebräischen, griechischen und römischen Ursprungs Platz. Dann — in mittelhochdeutscher Zeit (bei uns mit dem Ausgange des 13. Jahrhunderts) — als mit dem aufblühenden Handel und Wandel eine genauere Bezeichnung des Namensträgers in Urkunden notwendig wird, die neue Sitte, statt e i n e s Namens Doppelnamen zu führen! Alles, Land und Volk, Haus und Hof, Stand und Gewerbe, Eigenschaften und Gewohnheiten, Tiere und Pflanzen, Kleidung und Nahrung, ja Scherz und Spiel und jeder Zufall kann jetzt zur Namengebung führen. Nun erbt der Nachname von Geschlecht zu Geschlecht, und nur der Vorname wechselt. Der Sohn heisst fortan wie der Vater „Schneider", auch wenn er Schmied, er heisst „Klein" oder „Gross", auch wenn er es nicht ist.

Die Deutung dieser Namen ist oft erheblichen Schwierigkeiten unterworfen und lässt nicht selten dem Zweifel Raum. Gleichwohl steht man bei uns in dieser Richtung auf etwas festerem Boden als anderswo. Wo man es mit einem so abgeschlossenen Sprachgebiete zu thun hat, wo das urkundliche

Material so reichlich fliesst — die Bistritzer Urkunden reichen bis zum Beginne des 14. Jahrhunderts hinauf — kann gründliche Namenforschung nicht nur etymologisch mögliche und logisch wahrscheinliche, sondern in den meisten Fällen auch historisch begründete, sichere Erklärungen bieten.

Am besten unterscheiden wir wohl unsere Namen in A) Einzelnamen, zu denen a) die aus den altdeutschen Personennamen entstandenen und b) die mit dem Christentum eingedrungenen fremden Namen gehören; B) Beinamen, die sich a) in Lokal- und b) Prädikativnamen scheiden.

Das urkundliche Material ist für die Zeit von 1317—1700 zumeist den Urkunden des alten Bistritzer Archivs, von 1700 bis 1897 den Kirchenbüchern der hiesigen evang. Kirche A. B. entnommen.

Dass nicht alle Bistritzer Familiennamen zur Sprache kommen, dass insbesondere die interessanten Familiennamen unserer Umgebung nur wenig Berücksichtigung finden, erklärt sich daraus, dass die Arbeit unter schwierigen Umständen in verhältnismässig kurzer Zeit fertiggestellt werden musste. Dennoch dürfte sie an ihrem bescheidenen Teil mit dazu beitragen, in einer Zeit, wo Namen wie Kleider gewechselt werden, das Bewusstsein zu kräftigen, dass auch dieser von den Urvätern überkommene Teil des nationalen Erbes es wert ist, im Sinne Goethes geistig neu erworben zu werden, um ihn so erst voll und ganz zu besitzen.

Verzeichnis einiger Abkürzungen.

B. Bistritz, -er, -erisch. d. = deutsch. — ss. — siebenbürgischsächsisch. ssn. — süd-ss. (soll kurz die im Süden und in der Mitte Siebenbürgens vorkommenden Namen bezeichnen). urk. — urkundlich. F. N. Familienname. O. N. Ortsname. P. N. Personenname. T. N. Taufname. zgw. — zugewandert. Uml. F. Umlautsform. Kf. — Koseform. Ma. Mundart. dem. deminutivum. patr. patronymisch. Abl. = Ableitung. Zshg. Zusammenhang. ahd. = althochdeutsch. mhd. = mittelhochdeutsch. nhd. — neuhochdeutsch. gen. = Genitiv. lat. = latinisiert. — zsgz. = zusammengezogen. — zsgs. = zusammengesetzt.

Litteratur.

Andresen F. N. — Die d. F. N. Von K. G. Andresen. Mühlheim a/R. 1862.

Andresen K. Konkurrenzen in der Erklärung der d. Geschlechtsnamen von K. G. Andresen. Hellbronn 1883.

Andresen P. Die altdeutschen P. N. etc. von K. G. Andresen. Mainz 1876.

Cämmerer Thüringische P. N. I. T. Arnstadt 1885 von Dr. Cämmerer·

Fick Die Göttinger F. N., Gymn. Progr., Göttingen 1875 von Dr. Fick.

Förstemann I. II. Alt·d. Namenbuch von E. Förstemann. Nordhausen 1872.

Heintze - Die d. P. N. von A. Heintze. Halle 1882.

Kisch Die B. Mundart, verglichen mit der moselfränkischen. Sonderabdruck aus den Beiträgen zur Geschichte der d. Sprache und Litteratur. Bd. XVII. 2. Halle 1893.

Leonardy Über trierische Eigennamen. I. II. Jahresbericht der Gesellschaft für nützliche Forschungen in Trier. 1869, 1872.

Marienburg Über die ss. F. N. von G. Fr. Marienburg. V. A. (s. u.) 1857.

Müller Deutsche Sprachdenkmäler aus Siebenbürgen von Friedrich Müller. Hermannstadt 1864.

Q. K. Quellen zur Geschichte der Stadt Kronstadt. I. Kronstadt 1886.

Q. S. Quellen zur Geschichte Siebenbürgens aus sächsischen Archiven. Herausgegeben vom Ausschuss des Vereins für s. Landeskunde. I. Hermannstadt 1880.

Steub Die oberd. F. N. von Ludwig Steub. München 1870.

V. A. Archiv des Vereins für siebenbürgische Landeskunde (neue Folge).

Wolff Deutsche O. N. in Siebenbürgen von Johann Wolff. Hermannstadt 1879 ff.

A. Einzelnamen.

a) Auf altdeutschen P. N. beruhende F. N.

Wenn auch im folgenden die Kenntnis der Grundgesetze deutscher Namenbildung vorausgesetzt wird, so muss doch auch hier der irrtümlichen Auffassung vorgebeugt werden, als ob immer beide Kompositionsglieder zweiteiliger P. N. logisch im Einklang stehen müssten. Es ist vielmehr eine durch Urkunden genügend beglaubigte Thatsache, dass oft beide Kompositionsglieder nichts als Teile anderer, dem Namengeber nahe liegender Vollnamen sind, deren Bedeutung diesem selbst zum mindesten verblasst war. Auch etymologisch so klare Namen wie Wolfger (B-

Wolker) und Bertolf (B. *Bertleff*) geben übersetzt eigentlich keinen rechten Sinn. Sie erklären sich aber sehr einfach, wenn wir annehmen, dass die Eltern des einen etwa Wolfhart und Gertrud, die des anderen etwa Berthilt und Ludolf geheissen haben.

Zur bequemeren Übersicht und zur Vermeidung von Wiederholungen soll der Behandlung dieses Abschnittes die Erklärung der an zweiter Stelle gebräuchlichsten Stämme vorangehen.

bald · kühn; hero · Bär; ber(a)ht, peraht, brecht, bert = glänzend; frid · Schirm und Schutz; gur, ger, ker = Speer; helm, halm · Helm, zu helan, bergen, schützen; hard, hart · stark, kühn; hari, heri = Heer; hraban, ram · Rabe (Wodan heilig); laic (-lah) zu got. laikan springen; land · Land, Volk; man · Mann; mar · berühmt; mod, muot · Sinn, Geist, Gemüt, Mut; mund · Schutz, Schützer; rad, rat · Rat; ric(h) · herrschend, mächtig; stein · fest, hart wie Stein; wald, walt, -olt · waltend, herrschend; ward, wart = Hüter; wig · Kampf; win = Freund, Geliebter; wolf, olf · Wolf (Wodan heilig).

————

Ad*), Adal, „Geschlecht. Adel.“

Adalberaht: *Albrecht* 1505**). *Albricht* 1521, *Albrich* 1709, *Albrech* 1788 (der Abfall des -t hat seine Analogien in Lepprich = Liutberaht, Lamprech · Landberaht, Gromprich = Grumbrecht, s. u. Zshg. mit Alberich „Elfenfürst“ schon lautlich bedenklich; vgl. alb · ass, alf!); *Alberth* 1505, *Alpert* 1505, *Allporth* 1505.

Adalwolf · got. Atha-ulf, nhd. Adolf, Adloff, B. *Adleß* 1850 (zgw.)

Agin, Agi, „Schneide.“ „Schwert“, vgl. nhd. ecke, Kf. Aglno: nhd. Eine; dem. Eginzo (Steub); nhd. Eins, Enz. B. *Ens* 1762.

————

*) Die Stammformen sind **fett gedruckt**, die ahd. P. N. g e s p e r r t, die Bistritzer und *ass. P. N. kursiv.*

**) Die Zahl neben dem F. N. bezeichnet das Jahr, aus dem der Name belegt ist, womit aber nicht gesagt ist, dass er nicht schon früher in den Urkunden vorkomme. Dies gilt besonders von der Zahl 1897.

Agibold: nhd. Eibold, Ihold. **Agibreht**: nhd. Eihert, Ihert.
Kf. nhd. Eybe, Ibe, Eyben, Iben ~ sss. *Eyb* 1510, B. *Eyw*
1505, *Eyff* 1700, *Eiff* 1708, *Aiff* (spr. *d'f*) 1847; dazu patron.
(schwacher gen.) *Ywan* 1413, *Iwan* 1416, sss. *Iwen* 1500. B.
Eyben 1454, *Ayben* 1460. Der Wechsel von -b-, -w-, -f ist
lautgesetzlich (s. Kisch 47. II n). Vgl. hiezu Struckerjan, die
jeverländischen P. N. Jever 1864, S. 16; Andresen P. 24;
Wolff I. 31.
Agihard: *Eckarth* 1505, *Eckerd* 1703.

Angil, „Engel", ursprünglich Beziehung zu Gott „Ingo."
Angilher: *Engler* 1521.
Angilo, Engilo, Ingilo: *Engel* 1813.

Ans, As, Os, „Gott."
Ansovald: *Osuald(us)* 1432, *Usselt* 1581, *Uhselt* 1702.
Ansi-gar (Cämmerer 19): *Essiger* 1505: hiezu verhält sich
Nessiger 1454 wie Neppendorf zu Eppendorf (Wolff, II. 30).
ss. ndst: Ast (Kisch 42).

Ar, „Aar."
Arawald: nhd. Arold, D. *Areldt* 1600, *Arldt* 1648, *Arlt* 1897
~ *Orelt* 1704.

Ar(i)n, Erweiterung von *Ar*.
Arno(w)ald: *Arnold* 1492, zsgz. *Arnth* 1505 = *Ohrend* 1700,
lat. *Orendius* 1615; gen.: *Orendi* 1897.

Bald, „kühn."
Dem. (k) der mit *bald* zusammengetzten P. N.: ahd. **Bal-
diko**, nhd. Balke, B. *Balck* 1582.

Ber „Bär", erweiterte Form *Berin*.
Berinhard: *Bernhard* 1876, zsgz. *Behrend* 1844.
Kf. **Bero**: *Baer* 1700, *Beer* 1820.
Kf. **Berno, Benno**: nhd. Benne, patron. Abl. *Henning* 1852.
(zgw.); nhd. Behn. Abl. dazu *Behnisch* 1785, *Behnesch* 1854.

Ber(a)ht, Bert, „glänzend."
Berahtold: nhd. Berthold, D. *Barthold* 1579.
Berahtolf: sss. *Bertolf* 1346, *Bertloff* 1521, *Bertleff* 1800.

Bil(i), „Milde."
Kf. der mit Bil zgs. P. N. Bilo. Billi (Wolff I. 21): *Bell*
1821; dem. (z) *Billz* 1762.

Bod, Bud, zu biudan „gebieten."
Bodheri: nhd. Boder. Uml. F. B. *Böder* 1521, *Beder* 1897 (zgw.)
Bodo: *Both* 1786. (Hiezu Bodendorf   Dorf des Bodo mit
schwacher und Bodesdorf (bei B.) mit starker Biegung).
Boxo (Steub 98): *Buss* 1648.

Brand, „Feuerbrand", „Schwert".
Kf. *Brandt* 1833; dem. (z) nhd. Prantz, B. *Brandsch* 1795 (z
> tsch. vgl. Kisch S. 58 und die F. N. Fritsch < Fritz. Lutsch
<Lutz) patron. Abl. auf -er *): *Brandscher* (ss. brántsor) 1700.

Brid, „Zügel" ? (Förstemann).
Kf. Brizo: *Bretz* 1700. (Hiezu Bretzdorf bei S.-Regen, Wolff
III. 19).

Brod, Brord, „spitze Waffe."
Dem.: *Brodilo**) (nhd. Brödel), *Broll* 1608, *Brall* 1787, ss. *Proll*
1498, B. *Prall* (ss. -a-) 1786. -a- für -o- (wie im Nieder-
deutschen) ist der B. Ma. nicht fremd; vgl. Kisch 12 und
Andresen K. 63.

Brun, „Brustharnisch"; auch brûn „braun" spielt hinein.
Brunhard: *Brûnerd* 1706.
Kf. Bruno, dem. (l): *Brewnil* 1413 (mit interessantem -il).
Breunel 1521.

Buno, Bono, unbekannten Sinnes.
Bohn 1788.

Burg, „Burg."
Burghard: *Burghard* 1750.

Diot, diet, got. Thiuda „Volk."
Theudoricus (begriffl. griech. Demosthenes): *Diedrich* 1703,
Dedrich 1505, *Deidrich* 1701. *Dadrich* 1786.
Kf. Theudila: *Tytil* 1454, *Titel* 1818. Mit Ausstossung des -t- (s.
oben Brod) Thilo: ss. *Tylo* 1369, *Tyl* 1368, B. *Teyl* 1505.
Theil 1897 (Petersdorf: *Tell* 1492); dazu *Tilmani* (lat. gen.)
1413, *Tyelman* 1521. *Theulmann* 1620, *Thellmann* (ss. telma) 1897.
Theuxo: *Teutsch* 1810.

---

*) Diese Ableitungen auf -er mit patronymischem Sinne kommen —
wie in Süddeutschland   sehr häufig vor. Beispiele im folgenden.
**) * bezeichnet nicht bezeugte, bloss erschlossene Formen.

Diur, Tiur (wildes) „Tier" und „teuer."
Hiezu: *Tirman* 1454, *Thyrman* 1505 (nhd. Thiermann).

Duld zu mhd. dult „Geduld", wohl mit Rücksicht
auf die Ausdauer im Kampfe.
Dem. (z) der mit Duld zsgs. P. N.: uhd. Dultz, B. *Thulz* ca. 1710.

Ebar, „Eber", dem Jagdgotte Fro heilig.
Eberhard: *Eberhart* 1505, *Ebert* 1789 *Ewerth* 1707 (-h-
-w- ist lautgesetzlich, vgl. Kisch 88).
Dem. (l) Ebilo: *Ebel* 1689.
Zur Kf. Eppo der O. N. Eppendorf bei Jaad (Wolff. I. 39).

Era „Ehre."
Erhart: *Ehrhart* 1859.

Filu „viel."
Filomar: uhd. Vilmar (spr. f-, nicht w-) — nicht ohne laut-
liche Bedenken — B. *Feltmer* (ss. -ä-) 1701. Dazu O. N. Fel-
mern (villa Felmar, Q. S.) bei Fogarasch. Vgl. Marienburg
a. a. O.

Folc „Volk."
Folcberaht: *Follberth* 1642.
Fulchar: *Fülker* 1857, *Felker* 1648, sss. lautlich entsprechend
Fielker (sss. fülk „Volk"). Kf. B. *Fülk* (ss. -l-) 1705, patr. schwa-
cher gen.'*Filken,* lat. sss. *Filkenius,* gen. B. *Filkeni* 1763.
Zu *Filk* als dem. (z > tsch, vgl. oben *Brandsch*) *Filtsch* (-l-) 1819.
-l- in diesen F. N. deutet auf sss. Herkunft.
Der Kf. Folzo könnte entsprechen: *Frolcz* 1505, *Fultz* (-ö-) 1859.

Franc „Franke."
Franck 1505; lat. Franciscus: *Frantz* (ss. -ä-) 1833. Uml. F.:
Frentz 1505.

Fraw „Herr" (frô) und „Frau" (frowa).
Kf. nhd. Frohne, lat. *Fronius* 1788 (anders Marienburg S. 349).

Fridu, altsächs. frithu. „Friede, Schutz."
Frithurich: *Friedrich* 1708; patron. Abl. auf -er: *Friedriger*
1863 (zgw.)
Fridwald, Fridold: *Friedelt* 1696. — Kf. Frithezo: *Fritsch*
1800 (z > tsch, vgl. *Brandsch*).
Zu Kf. Frido: *Fridman* 1505, *Fridma* 1521 (ss. -ma in tonloser

Silbe = Mann. vgl. sss. *telma* (Thellmann), *rälma* (Wellmann) u. a.); lat. *Irenaeus* 1557.

Frum, „tüchtig.“ „brav,“ „tapfer.“
Fromm 1702. Frohm 1710.

Gab, Geb, Gib zu „geben.“
Gebahart: *Gebarth* 1505,
Kf. Gebilo: *Geubul* (spr. Gö-) 1311, *Gebel* 1586, *Gebbel* 1693 lat. gen. *Gebelini* 1361.

Gar, Ger „Speer.“
Gerolah: nhd. *Gerlach*; B. *Girlach* 1505.
Kf. Gero: patr. Abl. *Göhrung* 1684 (zgw.)

Gast, besonders „fremder Krieger.“
Gast 1505.

Gisal „Geisel.“
Giselher: nhd. *Gieseler*, zsgz. *Giller* = B. *Geller* 1700, *Göller* 1897.

God „Gott.“
Godafrid: nhd. *Gottfried*, D. *Göttferd* 1850.
Gotahart: *Gotthard* 1505. *Gottert* 1624, *Göttert* 1620.
Godoscale(us): nhd. *Gottschalk*, B. *Gottschack* 1505. *Gottschick* 1700.
Godo. Gotho: *Goeth* 1707. *Gött* 1711.
Dem.: nhd. Gotz, *Gotsch*; patron. Abl. *Gottschling* 1897; Uml. F. nhd. Gütz. B. *Gütsch* 1707.
Godilo: *Göll* 1701 (vgl. *Brodilo*: Broll, *Dietilo*: Till-).

Gra „grau.“
Graw (-an) 1579, Groh (ss.) 1700.

Grun „grün.“
—*brecht: nhd. Grumbrecht, B. *Gromprich* 1505 (s. ob. *Albrich*). wald: Grumoald, woraus volksetymologisch: *Grünwald* 1505. Kf. *Grwn* 1505.

Gund „Krieg.“
Gundhart: *Gundthart* 1658.
Gundachar: *Gwnther* 1505.
*Gundastap (J. Grimm, Gesch. d. d. Spr. 491) nord. Gustaf: nhd. F. N. Gustav, Kf. B. *Gust* 1700.

Abl. zur nhd. Kf. Gund: sss. *Gundisch* 1489, B. *Gwndesch* 1505.
sss. *Gondysch* 1478, B. *Gondesch* 1648, *Gandesch* 1765 und
mit magyarischem Klang *Gondusch* 1898; ob *Gun(n)esch* 1765
(Ober -nd- > -nn- vgl. Kisch 61) hieher zu ziehen ist, ist wegen
des Vokals zweifelhaft (Wolff, I. 45).

Hag, Hagi(n) „Hag." „Dornbusch." „Gehege."
Haginbert: nhd. Heimbrecht, *Himpert* 1893, sss. *Hümpert*,
B. *Hemprich* 1890 (zgw.), patr. Abl. auf -er-: *Himpriger* 1705.
Kf. *Himper* 1711.
Haginher: *Haner* 1788, sss. *Heyner* (Q. S.), *Hähner*.
Hagihar: sss. *Heyger* (Q. S.), B. *Häger, Höger, Heger* 1820.
Haganrich: *Heinrich* 1711, *Henrich* 1705, lat. gen. *Henrici* 1487.
Kf.: sss. *Hain* (Q. S.). B. *Hen* 1625, *Huhn* 1706; patr. Abl.
Henning 1505, *Hennek* 1648, *Hönig* 1897 (bloss graphisch ent-
stellt, gesprochen: *henok*); -- *Haneck* 1763; dem. (l): *Heynal*
1505, *Henul* 1966, *Henel, Hendel* (-nl > -ndl hat seine Analo-
gieen, z. B. ss. *ándaln* „ähneln", *fándal* mhd. venel „Fähnlein");
(z): nhd. *Hein;*, sss. *Hintz*, B. *Hentc;* 1505, *Hentsch* 1868.
Dazu *Hen;mann* 1505, *Hen;tem* 1703 (-am Mann), *Hintzem*
1850: (z + l): *Hintzel* 1710; patr. Abl. auf -er: *Henzeler* 1492.

Hard, -t, „stark." „kühn."
Harduwich: nhd. Hartwig. *Hartig* 1763 (Schwund des w
im Anlaute zweiter Kompositionsglieder ist lautgesetzlich,
Kisch 37).
Kf. nhd. Harthe. dem. (l) B. *Herthel* 1452; patr. Abl. auf
er-: *Härtler* 1709.

Hari, Her „Heer."
Haribernht: *Herbart* 1492, *Herbert* 1701.
Harifrid: *Herford* 1505.
Hariman: *Herman* 1454. Kf. Hero: *Höln* 1893, patr. Abl.
Hering 1454, *Herenck* 1521; dem. Herilo: nhd. Herel. patr.
Abl. auf -er: *Herler* 1765.

Heid, -t, „Art," „Wesen," „Person."
Kf. Heido: (dazu Heidendorf Dorf des Heido): dem. *Hei-
del* 1874.

Heil „gesund," „unverletzt."
Hellman: *Heelman* 1505, *Heilmann* 1657.

Hild, -t, „Kampf.“

Hildi(h)er: nhd. Hiller. *Heller* 1768.

Hildeman: (sss. *Hellmann*).

Hiltiwig:· *Hellwig* 1762. Kf. Hildizo, Hizo: nhd. Hitz. B. *Hietsch* 1897.

Hlod, Hlud „laut.“

Chlodobert: nhd. Löpert; Kf. sss. *Leeb*; dem. B. *Lebel* 1529. Mit Bewahrung des Anlauts (Andresen, K. 60) *Kloppert, dazu Kf. Klopp (nhd. F. N.), gen. (stark) B. *Klopps* 1849, *Clops* 1700, *Klops* 1451. *Clobis* 1414.

Chlodowig: *Ludwig* 1800; lat. *Ludovicus* 1524. Kf. Hlu(di)zo: sss. *Lucze* (Q. S.), B. *Lutsch* 1505.

Hrod, Hruod „Schall,“ „Ruhm.“

Hrodebert: nhd. Rodbert(us), Robert. Rubert. B. *Ruppert* 1784 (begriffl. griech. Kleophanes).

Hrodgar, Ruodiger: nhd. Rü(di)ger, sss. *Rieger*, B. *Reiger* 1710, *Raiger* 1800 (spr. *ra͞jər*).

Kf. Rugo: nhd. Ruge. B. *Rauch* 1700.

Rodland: nhd. Rohland. Uml. F. B. *Rehland* 1763; *Rehlend* 1873. Hrodmun: *Rottmann* 1821.

Hrodrich: sss. *Rurich* (Q. S.), B. *Röhrig* 1762.

Hrodowald: *Rudell* 1900, *Rodell* 1700, *Raddell* 1780.

Kf. Hroda: *Rot* 1412, *Rotth* 1582, *Ruth* 1635 (vgl. Wolff III. 6); dem. (l) Rodilo: *Rödel* 1505, *Rewdel* 1505, *Raidel* 1763; dem. (z) Ruozo, Ruzzo (Steub 46): sss. *Russe* 1465, nhd. Reuss, B. *Reiss* 1672 (wornach die Bistritzer „Reissgasse“ benannt ist, die Jahrhunderte lang „Reussgasse“ hiess, bis sie letzthin „cizsuteza“ (magy. rizs = Reis!!) getauft wurde).

Hug „Geist.“

Kf. der mit Hug zsgs. P. N.: Huzzo (Steub); *Huss* 1850. Dem. Hugilo: *Hügel* 1850. patr. Abl. auf -er: *Higler* 1762.

Hun „Riese,“ „Hüne.“

Hwn 1505.

Irmin „Wodan,“ zur Bezeichnung des Höchsten, verstärkender Begriff.

Erm(an)rich: *Emrich* 1700.

Irm(in)o, Immo: *Ihm* 1586.

Isan „Eisen."
Isan (Kf. der mit Isan zsgs. P. N.): *Eysen* 1563.

Kamp „Kampf."
Chempfo: *Kempf* 1505.

Karl „Mann."
Carl 1762, gen. *Carln* 1709; lat. *Caroli* 1711; magy. *Korlath*
1461 (Kf. für „Karl").

Kol, unbekannten Sinnes.
Colobert, Kf. Colbo: sss. *Kolb* 1475, *Kolp* 1480, *Kolpp* 1480,
Uml. F. nhd. Kolb, sss. *Kelp* ca. 1550, B. *Kelp* 1698 (vgl.
Andresen K. 21)?
Coloman: *Kolloman* 1505, *Kollmann* 1707.

Kraft.
Krafft 1709.

Kun 1. *Kuni* „Geschlecht", 2. *Kuoni* „kühn."
Chunhard: *Kunhard* 1492.
Chuonrat: sss. *Kunrad* ca. 1475, B. *Conrad* 1705, *Connerth*
1800), *Condert* 1709 (-nr- > -ndr-, vgl. Kisch 61), *Kaundert*
1620, *Kandert* 1807: lat. gen. *Conradi* 1648 (begriffl. = griech.
Thrasybulos).
Kf. Kuono: *Kühn* 1763, dem. *Kühnel* 1807 (zgw.)
Dem. (z) Chunizo: nhd. *Kunz*, sss. *Kaunz* (vgl. oben Kaun-
dert), B. *Keuntsch* 1582; (z + l): sss. *Kunczil* ca. 1475, B.
Kwntzel 1505, *Keuntzel* 1672, *Kainczel* 1764, *Keintzel* 1807.

Land „Land."
Landoberaht: nhd. Lamprecht, B. *Lamprich* 1505, patr. Abl.
auf -er: *Lampriger* 1701.
Kf. Lando: *Landi* 1765: dem. (z) Lunzo: *Lantz* 1820.

Leon „Löwe."
Leon(h)ard: *Leonard* 1505, *Lenard* 1581, *Lennert* 1722, *Len-
dert* 1764, *Lindert* 1848; lat. gen. *Leonhardi* 1690.

Liub „lieb."
Liubo: *Lyp* 1505, *Lieb* 1820.

Liud „Volk."
Liutbald: *Lewpold* 1505.

Liutberaht: *Löpprich* 1648 (s. o. Albrich!), sss. *Lebrech.* (durch volksetymologische Umdeutung) B. *Lebrecht* (zgw.) 1864.
Kf. Liuzo: *Loess* 1505, *Liess* 1877 (Andresen K., 68).

Man „Mann.‟
Dem. (k + n) Mannikin: nhd. F. N. Männchen, B. *Manchen* (zgw., sss.)

Mark „Grenze.‟
Marco: nhd. Mark; dem. sss. *Markell* 1477, patr. Abl. B. *Markeler* 1764.

Mild.
*Mildberaht: nhd. Milbrecht, Milbrodt, B. *Mellbroth* 1505.

Muca (Etymologie dunkel, s. Wolff II, 29).
Nhd. F. N. Muck, Mauk, dazu sss. *Mucksch* 1475, heute *Maukesch*, B. *Maucksch* 1702.

Mun. wohl zu nord. munr „Freude.‟
Muniperaht: nhd. Mombert, B. *Mommerd* 1621.

Nid „Hass und Zorn des Kriegers.‟
Nidhard: *Neyfarth* 1505.
Kf. Nizo: *Netcz* 1505.

Nod, -t, „necessitas.‟
*Notleih: sss. *Nöttich*, B. (lautlich entsprechend) *Niedlich* 1705, *Nierlich* 1859 (-dl- > -rl- ist Regel; vgl. Kisch 61, 6).

Od, Ot „Erbgut.‟
Oto: *Oht* 1617.

Rad, Rat „consilium.‟
Rado: nhd. Rade; dem. (l): *Radel* 1859.

Ragan, Regin. Abl. von **Rag** „consilium‟, meist wohl bloss steigernd.
Raganhar: sss. *Reynner* (Q. S.), *Rainer* 1892 (zgw.)
Raginhart: nhd. Reiuhart, B. *Reinert* 1702, *Rinnert* 1706.
Raginmar: nhd. Reimar, B. *Reimer* 1579.
Ragin(w)ald: sss. *Reynold* (Q. S.), *Renolt* 1505, *Renell* 1521, *Rendelt* 1700.
Kf. Regino, Raino: sss. *Rein*, dem. nhd. Reinl. sss. *Renel* (Q. K.), patr. Abl. *Rendler* 1505.

Rich „reich,‟ „mächtig.‟
Ricohart: nhd. Richard, B. *Reicharth* 1505, *Reichert* 1505.
Rieman: ss. *Richman* (Q. S.), B. *Riman* 1505.
Richmund: *Reichmund* 1580.
Rico(w)alt: *Richelt* 1505.
Kf. Rico; dem. (l) *Reichel* 1847.

Rum zu hruom „Ruhm.‟
Ruombald: nhd. Rumpel(t), Rümpel, dazu patr. Abl. ss.
Rumpell-er 1445, B. (lautlich entsprechend) *Rempler* 1505.

Sal, Sinn zweifelhaft.
Saal 1700; patr. Abl. *Sahling* 1855 (zgw.)

Sand, „wahr.‟
Sandheri: *Sander* 1625.

Scild, „Schild.‟
Nhd. F. N. Schild, Schill (Kf. der mit scild zsgs. P. N.) B.
Schell (zgw.) 1870, (-ld- > -ll ist lautgesetzlich. z. B. sälkr̄ust
Schildkröte, ss. *Schel-macher* „Schildmacher (Q. S.) vergl.
Kisch 61).
Scrot, von scrotan. „schroten.‟
Scroto: *Schraut* (Andresen p. 81) 1505.

Sig. „Sieg.‟
Sigideo (Steub 62) „Siegesdiener‟: nhd. Seid. dem. (l) ss.
Sydel (Q. S.), B. *Seydel* 1505, *Seidel* 1701.
Sigifrid: *Seiffried* 1788, *Seiffert* 1710, *Seiwert* 1703, lat. *Sey-
fridus* (T. N.) 1454.
Sigimund: *Siegmund* 1880 (zgw.), *Sigmeth* 1788.
Sigiwald: *Seewalt* 1581. Mit Erweiterung: Sigilher: *Sieg-
ler* 1868 (zgw.)

Smid. „Schmied.‟
Smido: *Smyth* 1451, *Schmedt* 1764; lat. gen. *Fabri* 1648, Er-
weiterung dazu *Fabricius* 1700. gen. *Fabritzi* 1803, verkürzt
Fabritz (Ton auf der ersten Silbe) 1807 (zgw., nicht ss.)

Snel. „schnell.‟
Schnell 1700.

Starc.
Starck 1706. Kf. Starizo: *Startz* 1768.

Stein, stain, „Stein.“

Stainhart: *Steinhart* 1700, *Steinert* 1700.

Steinher: *Steyner* 1505, *Stenner* 1581; hiemit konkurriert die Abl. vom O. N. Stein bei Reps, dessen Bewohner sich ss. *Stenar* nennen.

Strit, „Streit.“

Stritfrid: *Streitfort* (Friedrich Kramer. A. d. Gegenwart und Vergangenheit der kgl. Freistadt Bistritz, Hermannstadt 1868, S. 33) ca. 1550, *Streiffert* 1510. Dazu O. N. Streitfort bei Reps.

Strud, zu strudinn, „zerstören.“

Kf. Strupo: *Strawb* 1505, *Straupp* 1582.

Sturm, „Aufregung.“ „Kampf.“

Sturm 1700.

Swab, „Schwabe.“

Sunbo: *Swab* 1413, *Schwab* 1897 (zgw.)

Tuom, „Urteil,“ „Gericht.“

Nhd. Thum; dem. D. *Twmel* (Thümmel) 1458, *Tömel* 1505, *Thomel* 1515.

Uodal, Odal, „Erbgut.“

Odalhart: *Ohlert* 1788.

Uodalhari: *Ohler* 1879 (zgw.)

Uodalrich: sss. *Udalricus* (Q. K.), *Ulrich* 1505.

Walah, „fremd,“ „ausländisch.“

Walaho: *Wal* 1505, *Wol* 1505, *Wollmann* 1850.

Wald, Walt, „walten.“

Waldohert: *Walpricht* (s. Kramer a. a. O.) ca. 1600.

Waldhar: *Walther* 1682, *Welther* 1763; dazu O. N.: Walthersdorf.

Warin, War, 1. „wahren,“ 2. „wehren.“

Warinheri: *Werner* 1505.

Was, „acer.“

Wassmund 1505.

Wid, „Wald.“

Widlman: sss. *Vid-*, *Wethman*, B. *Widmann* 1704.

Wig. „Kampf."
Wigold: *Weygelt* 1505. Kf. Wizo: *Witsch* 1883.
Willi, Wil, „Wille."
Willahalm: *Villhelm* 1788.
Williman: *Wilman* 1439, *Velman* 1521, *Wellmann* (ss. *välma*) 1897.
Dem. (k): nhd. Wilko. B. *Wilk* 1897 (zgw.)
Win, „Freund."
Winiheri: *Weiner* 1762.
Winirich: *Weynreich* 1451 (Treppen). *Weinrich* 1700. *Weind-*
rich 1700.
Winevold: *Weynhold* 1706; dem. (z) Winizo: *Weini;* 1581.
Wolf. Wodan heilig.
Wolfker: *Wolker* 1702.
Wolfhraban: *Wolfram* 1859.
Kf. Wulfo: *Wolff* 1850; lat. *Lupinus* 1657, ss. gen. *Lupini*

b) Fremde, mit dem Christentum eingedrungene,
zumeist katholische Heiligennamen.

Auf diese Namen hat der Accent bedeutend eingewirkt.
Wie heute aus „Elisabeth" je nach der Betonung: Elsbeth.
Else — Lisbeth, Liese -- Betty, Bettine werden kann, so zeigen auch die aus fremden Sprachen eingedrungen Namen die
verschiedensten Formen.

Adam hebr. „Mensch." *Adam* 1700; lat. gen. *Adami* 1700.
Ambrosius griech. der „Unsterbliche". Kürzung im An- oder
Auslaut, durch den Accent bedingt: 1. *Ambros* 1505. 2. ss.
Bros, B. *Brossmann* 1505.
Alexius griech. „Helfer": *Alexius* 1521; gen. *Alexi* 1848. Kf.
nhd. Lex, patr. Abl. ss. *Lexen*
Antónius lat., Bedeutung dunkel. Durch *Antónijus* erklärt
sich *Antónich* 1521 (vgl. ss. *lilï,* aus *lilja, pitersilï,* aus *petersilja.*
T. N. *Plonig. Plonijus* 1572 *Apollonias*). Mit Kürzung im An-
laut nhd. F. N. Tonius, Thoniges. B. *Tonig* 1586, *Tonich* 1897.
Aegidius griech. von der „Ägis" (Schild des Zeus). *Gidijus*
> *Gidijus* > (wegen des lautphysiologisch begründeten Wech-

sels von d und l vergl. lat. *lingua* aus *dingua*, *lacrima* aus
dacrima) *Gillich* 1765, *Gölch* 1710. Vgl. schweizerisch *Gilg*
Tschudi — Aegidius Tschudi; span. *Gil*, franz. *Giles*, engl.
Giles.

Augustinus, von Augustus lat. „der Erhabene." 1, *Augustinus*
1505. 2. Kürzung im Anlaut: nhd. *Stinus*, B, *Steines* 1722.

Balthasar pers., „Fürst des Glanzes." 1. Kf. *Baltser* 1579.
2. *Balthes* 1648.

Bartholomäus hebr. „Sohn des Tolmai." F. N. 1. *Bártolo-
mes* 1743, *Bártelmaess* 1897. Auch *Mártelmaess* (ss. -*ua*-) gehört
hieher und erklärt sich durch haften gebliebenes *m* aus Formen wie: *dem-Bartelmaess* (vgl. Meschen (O. N.) aus Im-Eschen;
mb > m ist häufig, vgl. Kisch 46). Kf. *Barthel* 1457. 2. Accent
auf -mnéus: *Mees* 1813, ss., *Myes* 1561. B. *Mies* 1833, *Miess*
1897, vgl. ss., *Bartolomis*, *Bartelmis* (Q. S.); auch um Niederrhein ist „Mies" Kf. von Bartholomäus. Dem. *Mörell* 1705.

Benedictus lat. „der Gesegnete." *Benedic* 1505.

Blasius, Bedeutung dunkel. Gen. *Blasü* 1708, *Blasi* 1850;
Blas 1546, *Bloss* 1505. — *Balasch* 1784 erklärt sich aus magy.
Baláza; pntr. Abl. *Ballascher* 1897.

Christianus, lat., Abl. von gr. Christus, „ein Christ."
1. *Christianus* (Mettersdorf) 1447; davon (i > n in den Dorfmundarten häufig) *Krasten* 1579. 2. Umstellung des r und
Wandel des i > a bezw. ä: *Karst* 1789, dem. *Karst-chi* 1705,
Karschtyi 1833, *Kärstchen* 1656. 3. Ausstossung des r: *Kast*
(zgw., ss.) 1890 (Andresen K. 75).

Constantin zu lat. constans „beständig." Mit Berücksichtigung des bairischen dem. (z + l) Stanzel (— Constantin): *Sten-
zel* 1579. Vgl. den nhd. F. N. Stenz (Andresen K. 23).

Daniel hebr. „mein Richter ist Gott." Bei B.: *Daniel* 1897,
aus *Danjel erklärt sich lautgesetzlich (Kisch 53, II. n)
Dangel 1700. Gen. lat. *Danielis* 1700.

David hebr. „geliebt." Gen. lat. *Davidis* 1551.

Demétrius gr. „Sohn der Demeter." Ss. *Dumiter* (Q. S.),
durch (nus der Betonung erklärliche) Kürzung im Anlaut
Metter 1844 (dazu Mettersdorf [mdtorädraf] villa Demetrii).

Dionysius, gr. zu „Dionysos". Gen. *Dionysii* 1689; aus magy.
Dénes erklärt sich *Dienesch* 1849.

Fabianus lat., von Fabius „Bohnenmann." Gen. B. *Fabi* 1859; *Fabianus* 1404. gen. *Fabiani* 1859. verkürzt *Fabian* 1864; zu Fabius auch *Fabinius* 1701; gen. sss. *Fabini*.

Gallus lat. der „Gallier". *Gaal* 1505 = magy. *Gál*.

Gregorius gr. der „Wachsame." *Greger* 1505, *Grieger* 1563, *Graiger* (-d'j-) 1767. *Gergel* 1505 = magy. *Gergely*. vgl. ss. *kásál* (Schecken) = magy. *kesely*.

Jacobus hebr. der „Fersenhalter", d. i. der „Nachgeborene." Gen. *Jacobi* 1889 (zgw.), *Jacob* 1521. Kf. nhd. *Jack*. dem. B. *Jackel* 1769, *Jekel* (T. N.) 1416; patr. Abl. *Yeckler* 1521. *Jekler* 1889; lat. sss. *Jekelius*, gen. *Jekeli* 1878 (zgw.)

Johannes hebr. „Gott ist gnädig." Im Anlaut verkürzt: *Hans* 1820; dem. nhd. *Hensel*; patr. Abl. *Hensler* 1505; Verdoppelung: *Hannes-Hannes* 1711, woraus *Hanshans* 1816.

Jonas hebr. „Taube." *Jonas* 1813.

Kaspar pers. „Schatzmeister". *Casper* 1764, *Kasper* 1820, *Caspar* 1820.

Ladislaus slav. „berühmter Herrscher." *Ladislaus* (T. N.) 1461. Magy. *László*, daraus sss. F. N. *Lasselo* (Q. S.), B. *Lassel* 1579.

Laurentius lat. „der Lorbeerbekränzte." *Laurentius* 1475; gen. *Laurentji* 1897 (zgw.). *Lörntj* 1505. Zsgz. nhd. *Lentzlus*. woraus (vgl. [An-]Tonius — Antonius. Gillich = Aegidius) *Lentzijus, Lenczig* (-ɣ) 1492 (Senndorf), woraus lautgesetzlich (Kisch 11, 3 a) *Lintzig* (-ɣ) 1574. 1705 („*Sadler* oder *Lintzig* genannt").

Lucas lat. = *Lucanus*. *Lucas* 1703, *Lukes* 1505, *Luckes* 1707.

Marcus lat. Sohn des Mars (nach Mommsen). Gen. *Marzi* 1833.

Matthias hebr. „Geschenk" (Jehovahs). *Mathias* 1897 (zgw.) 1. Accent auf der ersten Silbe: sss. *Matthes* (wovon Matthesdorf bei B.), lat. *Mathesius* 1763, gen. *Mathesi* 1833. 2. Accent auf der zweiten Silbe: *Thyess* 1505, sss. *Thys* (Q. S.), II. *Theiss* 1897; patr. Abl. *Tyssler* 1521. *Teysler* 1505. *Theissler* 1648.

Nicolaus griech. „Volkssieger." 1. Accent auf der ersten Silbe: *Niclass* (T. N.) 1505. Kf. sss. *Nikol*, *Nykel* 1569. B. *Neckel* 1705. Gen. lat. *Nicolai* 1710. 2. Accent auf der letzten Silbe: *Klaus* 1788, *Klos* 1820, ass. *Klöss*, patr. Ableitung *Klössler* 1702.

Paulus griech. der „Geringe." *Paul* 1788; Abl. davon: lat. gen. *Paulini* 1897 (zgw.)

Petrus griech. „Fels." Gen. lat. *Petri* 1820. Dazu O. N. Petersdorf (*pátaridrof*) bei B.

Philippus griech. „Rossfreund." 1. *Philipp* 1700; Kf. *Philp* 1700; gen. lat. *Philippi* 1859. 2. Accent auf der zweiten Silbe: nhd. *Lippus*, *Lipps*, B. *Lepps* 1819, *Leps* 1897.

Salomon hebr. der „Friedliche." *Salmon* (T. N.) 1505, *Surlman* 1704, *Salmen* 1897.

Seraphim, plur. von hebr. *Seraph* „Lichtengel." *Seraphin* 1531.

Servatius lat. „der Gerettete." *Zirbes* (T. N.) 1520, am Niederrhein *Zervas* (s- > ts-, s, Kisch 65, Anm. 1).

Severinus lat. Abl. von *Severus* „der Strenge." Gen. *Severini* 1720.

Silvester lat. „Waldmann." *Sylvester* (T. N.) 1581. 1. Accent auf der ersten Silbe ass. *Syll* (Q. S.), B. *Sill* (zgw.) 1897; auch englisch ist *Sill* – *Silvester*. 2. Accent auf der zweiten Silbe: *Westher* 1700, *Wester* 1897.

Simon hebr. „Erhörung." *Symon* 1366, *Seimen* 1763. Dazu ss. *zeimasdraf* = *Simonsdorf*, magy. *Simontelke* bei B.

Thomas hebr. „der Zwilling." *Thomas* 1763, *Thomes* 1765, *Thumnes* (ss.) 1761; Int. gen. *Thomae* 1770, *Thomi* (ss.) 1788, *Thomasch* 1816 – magy. *Tamás* (vgl. *Thot Thamasch* 1521).

Urbanus lat. „der Städter." *Urban* 1788, *Urben* 1706.

Valentinus lat., Weiterbildung von *Valens* „gesund, kräftig." *Valentinus* (T. N.) 1418, gen. *Valentini* 1765. 1. Kf. *Falten* 1749, *Felten* 1710. 2. Accent auf der dritten Silbe: *Tinnes* 1648 (kann auch von *Martinus* abgeleitet werden).

Vincentius lat., Weiterbildung von *Vincens* „Sieger." F. N.: *Vincentius* 1388. 1. Accent auf der ersten Silbe: *Vintzen* 1505, *Vincenc* 1521. 2. Accent auf der zweiten Silbe: *Czent* (T. N. Senndorf) 1535, ass. *Cenc* (T. N.) 1500 (*Zen* ist heute noch in Baiern und am Niederrhein Kf. für Vincentius und auch als F. N. gebräuchlich), davon (lautgesetzlich entsprechend, Kisch 11, 3 a) *Cin* 1586, *Czin* 1833, *Zint* 1897.

Vitus lat., Etymologie dunkel: *Veid* 1763, dem. *Veitel* 1842, *Feidel* 1746, daraus *Feirel* 1833 (d > r vor l ist Lautgesetz, Kisch 61, 6).

Zacharias hebr. „Jehovah gedenkt." F. N. *Zacharides* (griech. Patronymikalendung -ides) 1874 (zgw.).

B. Beinamen.

a) Auf Herkunft und Wohnung bezügliche F. N.

Alischer 1720, *Ailischer* 1710 zu ((Gross-)Alisch, urk. Ewlesch, magy. Szöllós (bei Elisabethstadt) *Zcölüscher* 1505 (s- > ts-Kisch 65, 1); lat. *Alesius* 1657, gen. *Alesi* 1877.

Altstädter 1700 = einer aus der Kronstädter „Altstadt."

Altzner 1762: Alzen bei Leschkirch.

Amberg 1582 : F. N. *an dem Berg* (Q. 8.)

Amende 1701. sss. *Am end* (Q. S.) = um Ende. Wie sich der nhd. F. N. Mende (Grenzboten 1870, S. 329) aus „am-Ende" (Accent!) erklärt, so B. *Mandt* 1764. bei B. *Mahndt* 1897 aus „um ant," bezw. „um ánt", da „Ende" in B. „ant". in den meisten Dorfmundarten jedoch „ánt" heisst Vgl. Wolff II-23 f., 30) Anm. 2.

Amgeskyn (Mettersdorf) 1451 am Gässchen (ss. *um gáskn*).

Aufderbach 1505 = ss. *of dar bách*.

Auner 1709. ass. *Awner* (Q. S.) zu urk. „dy Awen" = Grossau bei Hermannstadt.

Bachner (-a-) 1820: Bachnen (Bonyha) bei M.-Vásárhely.

Baier 1413 (ss. *bár*) der „Baier", *Paier* 1714, *Bayer* 1844.

Bartenstein 1700: O. N. Bartenstein (Stadt in Preussen, Dorf in Württemberg).

Bayerdorfer 1620: Baierdorf bei B.

Berger 1505, *Perger* 1521. Abl. auf -er zu: Berg.

Böm 1505, *Bihem* 1579 mhd. Beheim, Behem, der „Böhme."

Birnbaumer 1689: Birnbaum (Körtvélyfája) bei M.-Vásárhely;

hiemit konkurriert die gleichberechtigte Abl. vom Appellativum „Birnbaum,“ wofür auch die F. N. *Birbom* (ss.) 1579. lat *Pyrus* 1758 sprechen.

Birthalmer 1701: Birthelm (ss. -*halm*).

Bodendorfer 1505: Bodendorf bei Reps.

Bodesdorfer 1505: Bodesdorf (Kis-Budak) bei B.

Botscher 1706, *Botschner* 1672, *Betschner* 1579: Botsch (urk. Boczs. Böczs) bei S. Regen.

Brenndörfer 1780: Brenndorf bei Kronstadt.

Bressler 1738; Dreshn (ss. mit stimmlosem -s- gesprochen).

Broser 1850, *Broeser* 1521: Broos.

Brunner 1707, *Bronner* 1505, *Brenner* 1897: ss. *bron*. plur. *brän*, der „Brunnen.“ Vgl. mhd. F. N. ze dem Brunnen. by dem borne.

Budacker 1521, *Budcker* 1768, *Budaker* 1800: Budak (ss. *budák*) bei B.

Bungarter 1505: urk. Bongarten (mngy. Bongárd. rum. Bungardu) „Baumgarten“ bei Hermannstadt: hiemit konkurriert die Abl. von ss. *bauert* „Baumgarten“, lat. *Pomarius* 1587.

Burgberger 1505: Burgberg bei Hermannstadt.

Dussner 1695, *buryner* 1505: Dussd. urk. Dwz bei Hermannstadt.

Clausembriger 1730: Klausenburg.

Crepelter 1768: ss. *krévalt* (obere Vorstadt von B.)

Croner 1579, *Cronner* 1505, *Crunner* 1785, *Cruner* 1625, *Kriner* 1731: Cronen Kronstadt, B. *Krun*, ss. *Krinen*.

Cricker 1505, ss. *Schyker. Lucas de Schyk.* mit unorganischem -t (Kisch 58, Anm. 5), B. *Csikert* 1784, *Csickert* 1764: einer aus der Csik.

Dahinten 1875 (zgw., ss.) da hinten.

Dengler 1706: Dengel (Szász Dányán bei D. Szt. Márton). Die Abl. von „dengeln“ (mhd. tengelen ss. *tangaln*) kommt für unsere Mu. aus lautlichen Gründen nicht in Betracht.

Durfi 1833, lat. gen. zu *Dorfius* mhd. dorfaere „Dorfbewohner.“

Egerer 1764: Eger (Böhmen).

Eibestörffer 1581: Eibesdorf bei Mediasch.

Fjdener 1505: (Gross-)Eidau. (ss. *eid*ə) bei Tekendorf.

Fjdescher 1505: (Ober-, Nieder-)Eidisch bei Süchsisch-Regen.

Eysembriger 1714: Eisenburg (Vasvár in Ungarn) — *Wasváry* 1459 (Vgl. zur selben Zeit Andreas Amende, der sich auch „Végh András" nennt).

Eyngether 1624, *Enyeter* 1700: (Nagy-)Enyed (ss. *aiəin*).

Engässner 1700, *Enggässer* 1700, *Angessner* 1505: enge (ss. *ə*ə) Gasse.

Eichner 1897: „Eiche" (Appellativum).

Feneser 1505, *Feneszer* 1521, *Fenser* 1657: (Szász-)Fenes bei Klausenburg, ssx. *Fenischer* 1522.

Feissner 1505, magy. Fuiszn, rum. Feisn bei Mediasch, deutsch Füssen. Die magy. und rum. Formen bewahren den ursprünglichen Namen zumeist genauer als die lange Zeit der offiziellen Schreibart und -unart unterworfenen deutschen.

Flagner 1880 (zgw.. ss.): (Alt-)Flaigen, rum. Felacu, magy. Felek bei Schäßburg.

Galter (ss. -ə-) 1700: Galt bei Reps.

Gassner 1505, Abl. von „Gasse", vgl. ss. *Laurencius an der gassjen* (Q. S.)

Gierescher 1700, *Gürischer* 1768: Gyéres, rum. Ghiris bei Thoroczko. (-é- wird in der Szekler Ma. wie -i- gesprochen). Vgl. Nierescher Nyirescher: Nyires (s. u.)

Goldbecher 1820: Goldbach (Oláh-Ujfalu). Vgl. E. A. Bielz, Handbuch der Landeskunde Siebenbürgens, Hermannstadt 1857, S. 531. Möglicherweise ist jedoch der Träger dieses Namens eingewandert und nach einem der vielen O. N. „Goldbach" in Deutschland benannt.

Hammerödner 1701, *Hammerödne*ə 1765: Homorod (ss. *hamə-ruidn*) bei Reps.

Hammer 1710: einer der im „Hamm" (ss. *hám* „Acker am fliessenden Wasser", in Trier Hamm „Ort an der Flussbeuge," niederd. holm „Werder") wohnt.

Hawser 1454, *Häuser* 1464 zu „Haus" in lokalem Sinne, vgl. nhd. Steinhäuser, Taunhäuser u. s. f.: oder = „Häusler" (Landmann, der ein Haus, aber keinen Acker besitzt).

Heidendörfer 1701: Heidendorf bei B.

— 28 —

Hellner 1751(ss. *hioltnor*): Heltau (ss. *hielt*).

Henndörffer 1702: Henndorf bei Schässburg.

Hermannstädter 1702: Hermannstadt.

Hofstädter 1870 (zgw.): Hofstätt[en] (welches von den verschiedenen 11. Österreichs, Deutschlands und der Schweiz gemeint ist, ist nicht zu ermitteln). Hiemit konkurriert die Abl. von mhd. hovestat „Grund und Boden, worauf ein „Hof" steht, Wohnung eines „Herren" mit seiner Umgebung" — *Hofner* 1763, *Höffner* 1786, also entweder „Hofbesitzer" oder „Angehöriger eines Herrenhofes."

Horeth 1700 = *Horwath* (magy. = Kroate) 1505. Abfall des w im Anlaut der zweiten Silbe ist häufig (Kisch 37).

Horger 1700: Horgen (Schweiz oder Württemberg?)

Hunnebecher (ss.) 1786: Hahnenbach bei Hermannstadt.

Imhof 1505 = im Hofe.

Itlinger 1833: Ittling[en] (Deutschland).

Kaltwasser 1570: Kaltwasser (bei Marktschelken).

Kampradt 1763, *Camprad* 1788: nhd. Kamp (umzäuntes Feld) + rad (zu „roden"). Andresen K. 97.

Kastenhölzer 1700: Kastenholz bei Hermannstadt.

Kenthler 1505, *Kintler* 1579: ss. *kintsln* (Kentelke bei B.)

Kirtscher: Kirtsch bei Mediasch.

Köllner 1788: Cöln a Rh.

Kreutzer 1843: zu Kreutz (dem ss. Namen für Sajó-Keresztúr) bei Bethlen.

Lehrach 1880 (zgw.): Lörrach (Baden).

Lewczner 1505: Leutschau (urk. Lewche) in Ungarn.

Lindner 1763: „Linde" (Appellativum).

Magareyer 1704: Magarei bei Agnetheln.

Mogddyer 1505, *Magyar* 1579 = Magyare.

Mebriger 1700: Mehburg bei Reps.

Medwischer 1700, *Midwescher* 1704: Medwisch (Mediasch). ss. midvaš.

Mentzner 1705: Mainz (urk. Mäntz).

Minarckner 1722, *Mw'norkner* 1620: Minarken (ss. *minuvrko*, urk. Müllnarken = Malomárka d. h. „Mühlbach." Malom wurde übersetzt, weil verstanden; árka nicht verstanden und beibehalten. Schwund des -l-, zumal vor -n-, ist häufig (Kisch 40).

Neuthäusner 1701: Neithhausen bei Schässburg.

Newendorfer 1505: (Ober-)Neudorf (ss. *nä'ndroß*) bei B.; das -en- erklärt sich aus der Flexion: z. B. *tsum* („zum" [in]) *n.*

Nössner 1505: Nösen = Bistritz. (Näheres s. Kisch 3, Anm.)

Nussbächer 1601: Nussbach bei Kronstadt.

Nussbäumer 1720: einer der bei dem „Nussbaume" wohnt.

Nyirischer 1579, *Nierescher* 1750: (Szász-)Nyires bei Deés.

Offembriger 1505: Offenburg = Offenbánya.

Orkeder 1579: Arkeden bei Schässburg.

Petersberger 1859 (zgw.): Petersberg bei Kronstadt.

Pintacker 1702, *Pyntyger* 1521, *Penteker* 1703: Pintak (ss. *päntak*) bei B.

Poschner (-ó-) 1715, lat. *Puschnensis* 1662: Puschendorf (-ü-), urk. Poschendorf bei Mediasch. Vgl. unten Teckner: Tekendorf, Zultner: Zultendorf.

Polner 1505: (Gross-)Pold (urk. Pol major) ss. *Puldner* (Q. S.), *Püldner* 1807 (-kln- > -ln, Kisch 61, 5).

Pool 1710, *Pohl* 1713: der Pole.

Preiss 1648, ss. *Prews* (Q. S.): der Preusse.

Puttleiner 1820: Pudleln in der Zips.

Reckentecker 1505: Verhochdeutschung von ss. *Räkentäk* = Retteg bei Deés.

Rehner 1648: S. Regen (ss. *Ré*).

Reussner 1786: Reussen (Szeretfalva bei B. ss. *reisn*, das sich als dat. pl. des P. N. *Reuss, Reiss* (1672) erklärt).

Riesler (ss.) 1818, *Rösler* 1886: Roseln bei Agnetheln.

Rohrmann 1717, *Rurman* 1592: einer, der bei dem „Rohre" (ss. *rür*) wohnt; vgl. die nhd. F. N. Eichmann, Buchmann u. a.

Ronacher 1784: einer, der bei einem „ronach" (mhd. Haufe ungehauener Baumstämme) wohnt.

Rosner 1784, *Rosenauer* 1863: Rosenau bei Kronstadt.

Ruuder 1700: Rode (ss. *Ruud*) bei Elisabethstadt.

Scherlinger 1700: Scherling, ss. *šërläuk*, magy. Serling (rum.

Sirlingu) bei B. Wenn der O. N. deutsch ist — und er hat
deutsches Gepräge! · ·, so ist er als patron. Abl. (-ing) zur
Kf. S c h e r i l o (l) der mit *Scar* („Schaar" o d e r „schneidende
Waffe" [Pflugscha u r]) zsgs. P. N. zu erklären.

Schiffbäumer 1839, ꜱꜱꜱ. *Scheffboemer* (Q. S.), einer. der bei einem
„Schiffbaum", Verhochdeutschung von ꜱꜱ. *sJfbóm* („Pappel"),
wohnt.

Schynker 1648 : (Gross-)Schenk (ꜱꜱ. -*i*-).

Schlesinger 1764. *Silesier* 1702. *Schlesiger* 1697 ; Schlesien (urk.
Schlesingen).

Schogner 1579: (Gross-)Schogen (das lautlich magy. Sajó entspricht, Kisch 53) bei B.

Schönauer 1710: Schönau bei Reps.

Schweizer 1700: Schweiz.

Senndörffer 1720: Senndorf (Wolff III, 12).

Seydner 1702: Sehlen bei Mediasch.

Seuffner 1579. *Seyffner* 1505: ꜱꜱ. *seifm* (mhd. sîfe. sumpfartiger
Bach).

Sigether 1700. *Sigetter* 1844 : (Marmurosch-)Sziget.

Simbriger 1705 = *Sibenbürger* 1505, in Kronstadt : *Sybenpwrger*
1523 (lautlich ohne Bedenken!): Siebenbürgen, welcher Name
sich ursprünglich zum mindesten auf das Nösner- und Bur-
zenland n i c h t bezog. Es ist sehr bezeichnend, dass der
F. N. „Siebenbürger" (meines Wissens) bisher nur noch in
Kronstadt und Bistritz (also ausserhalb des ursprünglichen
„Siebenbürgen") urkundlich belegt ist.

Städter 1843 : „Stadt" (Appellativum).

Steger (ꜱꜱ. -*j*-) 1785: einer, der am Stege (*stéj*) wohnt. Vergl.
uhd. F. N. Zum-steg.

Steigerwald 1505: Steigerwald. Gebirge in Bayern.

Stolzenberg 1805 (zgw. aus Preussen): Stolzenberg in Preussen.

Stenkeller 1505: Steinkeller. Vergl. die d. F. N. Ausdemkeller,
Zumkeller.

Strosser 1763: Strasse (ꜱꜱ. *strós*).

Tartler 1701, *Tortler* 1505. *Tuartler* (ꜱꜱ.) 1765: Tartlau bei
Kronstadt.

Teckner 1820: Tekendorf (magy. Teke).

Teutschenbecher 1625: offiziell Teutschbeck (-becher weist auf -bach zurück, magy. Szász Völgye, rum. Vulen sasului).

Teutschmann 1633: ein „Deutscher": vgl. die nhd. F. N. Baiermann, Böhmmann, Pommermann.

Tot 1848, *Thut* 1620, *Todt* 1709 = magy. tót, der „Slovake."

Tottschner 1505: Tatsch (ss. -ó-) bei B.

Ungrischer 1579: Ungersdorf (ss. *ororà*) bei B.

Vehler 1788: Wellau (ss. *véb*) bei Tekendorf.

Vlessingen 1505: Vlissingen (in den Niederlanden).

Wasserer 1881 (zgw.) = *Wiesi* 1841, *Wiṭi* 1839 (zgw.) = magy. Vizi: Wasser (víz).

Wecṭner (-*tš*-) 1505: Vécs bei S. Regen.

Weydner 1620: Weide; lat. *Salicaeus* 1563.

Weidenbecher 1705: Weidenbach bei Kronstadt.

Wenner 1833 = ss. *vänar*: Windau (ss. *vändò*) bei B.

Wermescher 1897, *Warmescher* 1703: Wermesch (ss. -*ú*-) bei B.

Wiener 1706: Wien.

Wittstock 1765 (zgw. aus Berlin): O. N. Wittstock in Brandenburg.

Cṭekel 1505, lat. gen. *Cṭekeli* 1764, *Cṭikeli* 1768, *Zikely* 1823, *Zikeli* 1897 - Székely, der „Sekler" (s- > z-, Kisch 65, I).

Zepnyr 1833: Szépuyir (ss. *Zá″pm*, Schönbirk) bei B.

Zypser 1505, *Zepser* 1581: Zips.

Zuldner 1704, *Zultner* 1820: Zollendorf (ss. *Züllondorf*, magy. Zoltány).

b) Prädikativnamen

(F. N. mit dem Begriff einer Eigenschaft oder Gewohnheit, Imperativnamen, von der Berufstätigkeit [Stand und Gewerbe], vom Tier-, Pflanzen- und Mineralreiche, von Nahrung, Kleidung u. a. entlehnte F. N.)

Aulman 1581. „Töpfer"; nhd. Aul (mhd. ûle „Topf-) + man".
Aulmann verhält sich zu Auler („Töpfer", nhd. F. N.) wie Fleischmann zu Fleischer u. a.

Awerman 1505: mhd. ûr (Auerochse) + man.

Barbirer 1505, *Balbierer* 1703: ss. *balbirn*; lat. *Rasor* 1413, gen.
Rasoris 1648, magy. *Borbély* 1702 - *Crazer* 1505, *Cratzer* 1552.
Barth 1700. Vgl. *Johannes dictus Parth* 1457, ss. *Anthongen mit
dem barth*. Seit dem 12. Jahrhundert war das glatte Gesicht
die Regel und jede Bartform Ausnahme!

Bawer 1620 (-au-)   *Gebawer* (ss. *gabauar*) 1505, mhd. *gebûre*;
metronymisch *Gebeuren* (ss. *gabeiran*) 1625.

Bauch 1505; dem. *Beuchil* 1454, *Bewchel* 1505 (mhd. biuchel).

Becker 1897 „der Bäcker.“

Belwez 1585 = mhd. bilwiz „Kobold“; vgl. ss. *bärlafäks* (= hess.
berlewitz).

Bender 1579 = ss. *bändar* „Fassbinder.“ Dazu *Bindermann* 1788.

Beitler 1897 (zgw.) = *Pewtelmacher* (Q. S.); vgl. *Beutlergasse*
(ss. *peitlargass*).

Bidner 1700, *Budner* 1521, ss. *Bwdner*, *Bu'dner* „doleator“; alt-
ss. *Bwde* (heute: *bü* „Bütte“).

Birkoch 1625, *Bewerkoch* 1620 = Bierkoch.

Blomen (ss.) 1505: „Blaumann“ (= Livius).

Blum 1789 „Blume.“

Bock 1889 (zgw.)

Bogener 1454, *Bogner* 1702 „Bogenmacher.“

Boltzer 1707   ss. *Bolczmacher*: mhd. bolz „Bolzen.“

Boman 1505, *Baumann* 1718 = mhd. bûman „Ackerbauer.“

Bom (ss.) 1579 „Baum“, dem. *Bu'mchen* 1505 (ss. *bémtzi*); vgl.
ss. *Hannis unter dem bomchin*.

Breckner (ss.) 1700, *Brückner* 1705, *Bruckner* 1787: „Brücken-
bauer“ oder einfach nur den Wohnort bezeichnend: „einer,
der auf oder bei der Brücke wohnt.“

Breed 1505, *Breth* 1765, *Bredt* 1703, *Braedt* 1897 „breit“ (ss.
-ê-), dem. *Bretel* 1505.

Brewer 1454 = *Breyfor* 1451, *Briber* 1505, *Breiber* 1461 = mhd.
briuwer „Bierbrauer.“

Burger 1505 = mhd. burgaere, Bewohner einer „Burg“ (Stadt),
im Gegensatz zu Landbewohner.

Buxemaster 1505 „Büchsenmeister“ = „-macher.“

Burgfürst 1505 (-fürst in seiner alten Bedeutung: „der Erste,

Oberste") begrifflich wohl „Burgvogt" (magy. porkoláb =
„Burggraf").

Cannuerad 1701, Comerad 1833 (ss.) „Kamerade" = Poitasch
(magy. pajtás) 1833.

Czisma-nacher 1620 „Tschismenmacher" (ss. žizəmənuιоxer):
magy. csizma „Stiefel."

Dawm 1505, Daum 1701. Daunen 1703, vgl. nhd. Heneke mit
dem dűmen, Chunrat und Friderieh die Daumen: ahd. Daum
Daumen.

Dechend 1700, Daechend 1763, Daichendt 1800 = mhd. dechent
„Dechant", ss. daˀ/ni zu lat, Dechanus 1660, gen. Decani 1747.

Deckentisch (Imperativname) 1708 = decke den Tisch. S. unten
Schlagfrei.

Deppner 1846 (zgw., ss.): ss. däpm „Topf"- . Töper (s, u.)

Dyschler 1521. Deschler 1579 „Tischler."

Dorhewder 1617 = ss. dörha'dər „Hüter des Stadtthores". „Thor-
wüchter."

Döchtert (ss. daˀ/ιərι) 1705 wohl = mhd. diehter „Enkel." lautlich ohne Bedenken (s. Kisch 61, Anm. 7: liʃtart, triʃtart,
häÜfsart).

Dresler (ss. -é-) 1505 = Drechsler 1763.

Drescher 1505.

Dünʒer (zgw.) 1859 zu Dü(r)nz — mhd. dürnitze „Badestube"
(ss. tərnáts · rum. tarniız = magy. tornácz aus dem slav.),
also = Stubner s. u.

Eichhorn 1711.

Ewtwen 1505 = magy. ötven „fünfzig."

Falck 1723, Falk 1862.

Fayʒel 1505, Fosʒel 1505, Fuaxel (ss.) 1833, Foisel 1840 = mhd.
vasel „Zuchtstier, Eber", dazu ss. fuəʒəin „Junge bekommen."

Feyerabenth 1505 (Zeitname).

Feyertag 1505.

Fink 1763.

Fischer 1850, Fescher (ss.) 1579, Fu'scher 1505; lat, Piscator 1434.

Fleischer 1820, Flescher (ss, -é-) 1505 „Fleischhauer," lat. gen.
Lanii 1763, Lani 1800.

Forschter 1521 = mhd. forstaere „Förster."

Freitag 1505.

Fridsam 1763.

Fröhlich 1768.

Funck 1765 · nhd. Funke „ein rechter Funke, ein lebhafter Mensch", ss. *fǫnku* „Funke, schlechter Kerl."

Fwrer 1505. Führer 1749, begrifflich = *Fwrman* 1505. Fuhrmann 1700.

Fuss (ss.) 1763 „Fuchs" = nhd. F. N. Voss.

Gärtner 1820.

Geiger 1787, *Gewger* 1620.

Geist 1718.

Gellner (spr. -ü-) 1800, *Göllner* 1855, *Göldner* 1707, *Gollner* 1765, *Goldner* 1505, ss. *Gurldener* (Q. S.) der „Goldarbeiter," vgl. ss. *gäldən* „golden" (-ld- > l, s. Kisch 61, Anm. 5).

Glacius 1541 lat. ss. *Glatʒ* 1543 „calvus."

Glokner 1850, *Klokner* 1780 (mhd. glockenære) zu ss. *klōk* „Glocke."

Goltschmid 1505, *Goldschmiedt* 1897, s. o. *Gellner*.

Gükler (ss. -ê-) 1701, Uml. F. zu gougelaere „Gaukler, Zauberer, Taschenspieler, auch Schauspieler."

Graef (spr. -ê-) 1840 · ss. *grēf* Dorfrichter (wie z. B. in Hessen und Hannover); lat. *Graffius* 1788, gen. *Graffi* 1845, mngy. (entstellt) *Gereb* 1428, (übersetzt) *Byro* 1428. *Biro* 1668. Vgl. u. *Hann*.

Gröll 1705, *Grell* 1709 wohl = mhd. grël „zornig" : dazu *Gröllmann* 1710, *Grellmann* 1858.

Gross 1505, dem. *Grossil* 1457, *Grues* (ss. -û-) 1705, lat. *Magnus* 1505.

Guth 1516.

Gwrtler 1505, *Gürtler* 1788 · ss. *Gurttelmacher* (Q. S.)

Haffner 1763, *Haefner* 1883, *Hefner* 1846 = nhd. havenaere, hevennere (süddeutsche Bezeichnung, für mitteldeutsch): „Töpfer."

Hahn (Tiername) 1706.

Haitchi 1763 = ss. *hā'rʒi* „Hütchen."

Hann 1720 (sss. Bezeichnung für B. *gréf*) „Ortsrichter" = nthd. hunde, hunne (ss. *han*). „centenarlus."

Has 1492 (Senndorf), *Huas* (ss.) 1788 „Hase."

Hauer 1742 mhd. houwer „Holzfäller."

Haupt 1833 (zgw.) als Körperteil (vgl. nhd. Johann Hoybit und die altröm. F. N. Capito, Naso, Labeo zu lat. caput, nasus, labium) oder durch Hauszeichen vermittelt (vergl. die F. N. ʒein Haupt, ʒer Sonnen, ʒer Rosen u. a.)

Häckerleng 1720 „Häckerling."

Hecht 1788.

Herwest 1505 = sss. *härvast*, B. *härvast* „Herbst."

Herʒog 1785.

Hirsser 1505, *Hirscher* 1709 „der Hirseanbauer, -händler" zu „Hirse" ss. *hirs*. Auch urk. heisst „Hirse" : Hyrsch.

Hyrth 1505, der „Hirte."

Hoffgräb 1711, *Hofgräf* 1870 — magy. udvarbiró „Hofrichter."

Hobman 1505 = Hofmann (-b- und -f- wechselt in der Schreibung, vgl. oben *Hoffgraeb*), heute *Hoffmann* mhd. hoveman, „Diener am Hofe eines Fürsten": „der einen Hof (Gehöft) bewohnende Bauer".

Holcʒtreger 1412, *Holʒträger* 1850 (ss. *holtsträʒər*) = mhd. holzträger „calo." (Müller-Zarncke, Mhd. Wörterbuch III, 76).

Hos 1505, *Hoss* 1881 „Hose", vergl. die d. F. N. Grawehose, Lederhose, Leinhose u. a.

Hutter 1505, mhd. huotaere (ss. *hátər*) „Hutmacher."

Irger 1505 (spr. -J-) mhd. irher „Weissgerber" zu ss. *irʒ* (mhd. irch) „weissgegerbtes Leder."

Kalkstein 1700.

Kamner 1586 „Kammacher" s. u. *Riemner*.

Kanngiesser 1700, *Khangüsser* 1620 „Zinngiesser." In Braunschweig giebt es eine nach diesem Handwerk benannte „Kannengiesserstrasse." Die Bedeutung „Bierbankpolitiker" ist erst im 18. Jahrhundert durch Holbergs Lustspiel „Der politische Kannegiesser" aufgekommen.

Kellner 1820 (nicht in heutiger Bedeutung) = mhd kellnaere, „Kellermeister, Schaffner, Kammerbeamter, Verwalter der Einkünfte in Klöstern und Gemeinden."

Kessler 1703, mhd. kezzelaere (ss. *kâslar*) „Kesselschmied."

Kestner 1505, ss. **Kästner** — mhd. kestener (kastenaere) „Verwalter des Kornkastens (des Getreidespeichers), dann Rentmeister an Höfen und in Klöstern."

Kewthler (spr. -ö-) 1439 zu „Kothe" „Bauernhaus," wovon nhd. Köther „Inhaber einer Kothe." Köther: Kewthler - Tischer: Tischler = Häuser: Häusler u. a.

Keyser 1701, **Kaiser** 1833.

Kissling 1710 = mhd. kisline, ss. *kiꝛlänksté* „Kiesel"; lat. *Silex* 1710.

Klein 1850, **Kleyn** 1505, **Klee** 1788, **Klii** 1784 („klein" heisst in der unteren Vorstadt *klé*, in der inneren Stadt *kli*), lat. *Parvus* 1546. Dazu **Kleinmann** 1763, **Kleemann** 1760, **Klemen** 1707, **Klimen** 1702, **Clemen** 1701, **Klewmen** 1620, **Climan** 1524, **Clima** 1505 — ss. *klima* (so heissen alle **Clemens** und **Klemens** in B.; das lat. **Clemens** ist nicht volkstümlich und kommt in den Urkunden erst spät vor).

Knechtil 1454, mhd. „kleiner Knecht" (letzteres in seiner alten Bedeutung „Bursche").

Knedel 1707 „Knödel."

Knoll 1709, mhd. knolle „Klumpen, grober, plumper Mensch." (Andresen P. 80).

Knörstrüker 1703, **Knöpffenstricker** 1731 — ss. *knéfelꝛträkar* zu *knéfal* (Knopf) + *ꝛträkar* (Stricker). Knöff ist urk. — Knöpfe (Q. S.)

Koler 1505, **Köler** 1681 = mhd. koler, köler „Kohlenbrenner."

König 1705.

Körner 1682, **Corner** 1625 = mhd. korner, körner „Kornverkäufer, -händler."

Kramer 1682, **Kraemer** 1701, **Cremer** 1788, **Crimer** 1505 — mhd. krämmere „Krämer." Kleinhändler.

Krauss (lat. *Crispus*) 1787, dem. **Kreusel** 1788, **Kreisel** 1760. Dazu (durch volksetymologische Umdeutung) lat. gen. *Zirkuli* 1841.

Kräutner 1700 — mhd. kriutenaere „Kräutersammler, pharmacopola, Gemüsegärtner und -händler." Niederd. **Krüdener.**

Kretschmaier 1897, modernisiert aus **Krechmar** (spr. -ä-) 1464, **Krechmer** 1432 = mhd. kretschmar „Schenkwirt" zu mhd.

kretscham „Schenke" (magy. korcsma, rum. cârciumn, alle
aus slav. krczma).

Krippes 1704 = ss. *kripas* „Krebs."

Kromp 1880 = mhd. krump, sss. *Kramp*, ss. *kram* „krumm."

Krumpholz 1833, *Crompholz* 1505 = mhd. krump + holz, Spottname.

Kuglar (Kugler) 1317, mhd. einer (z. B. ein Mönch), der eine
kugele (lat. cucullus) „Kappe über den Kopf zu ziehen.
Kapuze" trägt oder der Verfertiger dieser Bekleidung. (Vgl.
ss. *kugalapal*, Gebäck in H a u b e n form).

Kwrschner 1505 = *Kürsner* 1586 (zu mhd. kürsen „Pelzkleid")
Kirschner 1548 (ss. *kiršnar* „Kürschner'), durch volksety-
mologische Umdeutung mit *Cerasinus* übersetzt; richtig lat.
Pellio 1560. gen. *Pellionis* 1721.

Kürtsch 1701, *Kirtsch* 1807 = *Kwrtesch* (Pál) 1505 zu magy.
kürt „Horn" (als Blasinstrument), also „Hornbläser."

Kutscher 1877 (zgw.)

Ladner 1505, *Luadner* (ss.) 1709 = mhd. ladener „Krämer."

Landtgref 1620 = ss. *lantgréf (lantgráve)*, womit in einigen
Gemeinden der Dorfrichter, in anderen der Stuhlrichter bezeichnet wird.

Lang 1570.

Langbein 1819.

Lawtenschleger (sss. *Lwttenslayger* Q. K.) 1505, der „Lauten-
schläger."

Lebküchner 1784 „Lebkuchenbäcker" (zgw. „aus der Grofschaft
Ansbach").

Lederer 1505 „Gerber"; magy. *Thimar* 1461.

Leichnam 1454 in seiner alten Bedeutung = „Körper, Körper-
schaft" (ahd. lihhamo).

Leycoff 1505 = mhd. litgebe „Schenkwirt"; vergl. ss *leikaf*
„Wirtshaus."

Lilienczweig 1454 (ähnliche echt ss. F. N., welche an die erst
im 18. Jahrhundert künstlich entstandenen jüdischen Phan-
tasienamen erinnern, sind nicht selten).

3

Lochner 1705, *Lohnar* 1464 zu ahd. lôh, mhd. lôch „Wald‟ (lucus). vgl. ss. *rákəl-lóx* ein Wald bei B. Lochner: lôch Waldner (waldemaere „Waldbewohner, Waldaufscher‟): Wald.

Lirner 1581 = mhd. lernaere „Schüler‟ zu ss. lirn („lernen‟ und „lehren‟; der Lehrer heisst ss. „Schuller‟, s. u.)

Mayblumm 1787, s. o. *Blum*

Maser 1702, *Moser* 1720. Verhochdeutschung von ss. muryer „Soldat‟; hiemit konkurriert die für ahd. F. N. ausschliesslich in Betracht kommende Abl. von ahd. mos „Sumpf, Moor.‟

Meltzer 1704 (spr. mältsər, das lautlich genau den sss. F. N. *Mülzer* und *Mulzer* (Q. S.) = mhd. mulzer entspricht, nicht melzer) „der das Malzgeschäft besorgende Brauknecht‟, auch = „Brauer.‟

Myldt 1521, *Meldt* 1763 = ss. mäit „mild.‟

Moler 1505 (ss.) „Maler.‟

Munch 1705, *Monich* 1505, *Münich* 1416 (ss. munty) = mhd. munich, münich „Mönch.‟

Müller 1707, *Müllner* 1701, *Mülner* 1505, sss. Mülner, Molner, B. *Moldner* 1505 mhd. mülnaere, mlat. mol(en)linator „Müller.‟

Munyer 1505 = mhd. munzer (monetarius) „Geldprüger, -wechsler.‟

Meier 1820 „Verwalter eines Landgutes‟; dazu *Hoffweyer* 1811 mhd. hovemeier „Meier mit besonderer Rücksicht auf die richterliche Thätigkeit desselben‟; beide müssen zgw. sein, da es eigentlich ss. F. N. auf -meier nicht giebt.

Nasswetter 1704, vgl. die nhd. F. N. Kühlwetter, Schönwetter. Brausewetter u. a. zur Charakterisierung, wie man ss. sagt: „ə äs rä' 't vedər.‟

Neubauer 1701 „ein Bauer, der sich „neu‟ angesiedelt hat.‟

Neckisch 1706 „ridiculus.‟

(*Nicolaus*) *Newnmester* 1419 = sss. Newmeyster (Q. S) „ein in die Zunft neu aufgenommener Meister.‟ Das -n- erklärt sich wie in *Newendorfer* („Neudorfer‟ s. o.) aus Wendungen wie z. B. *Nicolaus* beim nü'nə méstər.

Newdisch 1505 mhd. nidisch „neidisch.‟

Orgelmester 1505 „Orgelspieler, Organist.‟

Panzer 1464 „Panzer"; mugy. *Panczel* (páncžél) 1464.

Pfaffenbruder 1602 (zuletzt ist mir der historische F. N. aus dem Jahre 1702 belegt) „Bruder des Pfaffen" d. h. des „Geistlichen." Die verächtliche Bedeutung haftet der älteren Sprache nicht an. Vgl. mhd. Heinrich des pfaffen sun und sss. *Pfaffenhennil* (Q. S.)

Pfarrer 1505.

Pfingstgräf 1800, *Faw'nstgreb* 1620, *Faistgreff* 1582 (ss. *fâ'stgrèf*, einer, der bei den Pfingstspielen zum Gräfen ausgerufen wurde. (Vgl. Pfingstkönig, Schützenkönig u. a.) S. Marienburg S. 366.

Pfluger 1700, *Pflüger* 1709. *Fluger* 1787 „arator." (Pf- = F- erklärt sich aus der ss. Aussprache).

Päck (zgw.) 1746 peccho, beeke „Bäcker" (ss. *bâk*); dazu mhd. bröthecke, vergrnecht': *Artopoeus* 1603.

Rampenstrauch 1700. Vgl. die nhd. F. N. Rautenstrauch, Rautenbusch (Andresen K. 113).

Reuebogen 1581 - ss. *renabogu* „Regenbogen."

Regius 1857 wahrscheinlich = judex regius (vgl. Georg Kraus, Siebenbürgische Chronik: „regius et comes Saxonum H. C. Gottzmeister").

Reschner 1703 ein „Raschmacher" („Rusch" = grober Wollstoff).

Reytermacher 1569 — einer, der „Reiter" (mhd. riter „Sieb") macht.

Richter 1833.

Rymer 1412, *Rimer* 1454, *Riemner* 1706 „Riemer."

Sadler 1705, *Satler* 1505 „Sattler."

Sadvogel 1586.

Salzer 1850, sss. *Sulczer* 1480) - mhd. sulzer, selzer „Salzverkäufer; mugy. sss. *Schosch* (sôs), wovon sich *Czosch* und B. *Csosch* 1765 nur graphisch unterscheiden. Sch- Cs- ist in F. N. häufig z. B. *Csallner* = *Sch-*, *Schankebank* Cs-, *Cseff* *Sch-*, s. u.

Salzhauer 1505 der „Hauer" (mhd. houwer) im Salzbergwerk.

Schaller 1700 — mhd. schallaere „Redner, Schwätzer, Prahler."

3*

Schallner 1628, *Schalner* 1501, *Csalner* 1703, *Tsallner* 1700,
Csallner 1704, dazu *Csellner* (Windau) 1897 zu ss. *šál, šal*
mhd. schelle, schulle) „Schelle“ vgl. den nhd. F. N. Scheller
(Andresen K. 88 f.) Heute noch schreibt sich ein Zweig der
Familie: Schallner.

Schankebank 1700, *Schonkebunck* 1501, *Chonkobongk* 1505, *Chon
kabonka* 1492 — magy. csonkabonka „verstümmelt“, ein echter alter Rittername; das Adelsprädikat derer „de Vledény“
bezieht sich auf Vledény (Wladein) bei Kronstadt.

Schalt 1505,

Scharvader 1554, einer, der eine scharfe (mhd.) ader, d. h.
„Bogensehne“ hat.

Schäffer 1788 = mhd. schaffaere, scheffer „Schaffner, der für
das Hauswesen sorgende Verwalter.“

Schedlich 1585 „schuldig.“ •

Schelling 1700, *Schelleng* 1700 (ss. *šilink*) „Schilling“ (Münz-
name).

Schenk 1700 „der Schenkwirt.“

Scherer 1414 mhd. scheraere „Barbier.“

Schlagfrey 1709 (Imperativname) — „schlage frei, zu“, vgl. nhd.
Schladoth („schlage tot“) u. a.

Schlecht 1700 in seiner alten Bedeutung „gerade, schlecht und
recht“ (ss. šlezt „gerade“).

Schletz 1820 — ss. šláts (mhd. slitz) „Schlitz, Spalte“, vergl. u.
Schramm.

Schlosser 1505 = *Schlossmann* 1763, vgl. die nhd. F. N. Lederer: Ledermann, Vogler: Vogelmann, Kugler: Kugelmann u. a.

Schneider 1505, *Sneyder* 1439 (mhd. snider); lat. *Sartor* 1414,
gen. *Sartoris* 1720.

Schnicter 1505 = mhd. snitzaere „Bildschnitzer; Armbrust-
macher.“

Schoff, *Scho'ff*, *Schub*, *Scho'b* (ss.) — B. *Txchof* 1521, *Txchef*
1765, *Cseff* (spr. -ó-, -é-) = ss. šóf, pl. šéf (mhd. schoup
„Schaub“) „Bund Stroh, Strohwisch“ (als Zeichen auf Häu-
sern noch heute). Ueber Cs- = Sch- s. o. *Schallner*.

Scholtes 1800, *Schulthes* 1788, *Scholtheiss* 1703, *Scholtz* 1620,

Schultz 1586 = mhd. schultheize, der die Zahlung der „Schuld heisst" d. i. befiehlt. „Ortsrichter."

Schöpp 1764 mhd. schepfe. niederd. Schöppe „Schöffe, Gerichtsbeisitzer."

Schram 1505, *Schramm* 1700 — ss. *kram* „Schramme, Risswunde."

Schröder 1701. mhd. serotaere. niederd. schröder „Schneider."

Schuler 1505, *Schuller* 1710 = ss. *kular* (mhd. schuolaere) „Schullehrer"; lat. *Schulerus* 1711, gen. *Schuleri* 1820.

Schuster 1451, lat. *Suttor* 1456. *Schutor* 1505, gen. *Sutoris* 1820.

Schwarz 1505 der „Schwarze. Brünette."

Schwertfeger 1505 = mhd. swertveger „Waffenschmied."

Seyffenmacher 1704. *Zefmacher* 1521 „Seifensieder."

Sehler 1700 == ss. *zёbr* „Seiler."

Senger 1505 = *zavar* (mhd. singer) der „Kantor."

Summer 1664, vgl. *Herwest* (s. o.), *Winter* (s. u.)

Späthauf 1765 „einer der spät aufsteht"; vergl. die F. N. Frühauf, Bahlauf.

Spilner 1505 = mhd. spillemacher „Spindelmacher" (zu nhd. spille, ss. *kpäl*) „Spindler".

Spitzbart (nhd. F. N.); dem. B. *Spiczbertel* 1505.

Steybricher 1505. *Stebriger* (-j-) 1800 „Steinbrecher."

Steinhauer 1731 = mhd. steinhower.

Stemelcz 1505 ss. = *stämäts* „Steinmetz."

Stolz 1505.

Storch 1700.

Stw'rl 1505, *Stürl* 1701. *Stierl* 1697 = mhd. stürel Werkzeug zum stürn (mhd.) „stochern." Werkzeugnamen als F. N. kommen vor; z. B. nhd. Mushacke. „Werkzeug zum Behacken des Gemüses" u. s.

Sulzer 1763 mhd. sulzer „Kuttler" zu sulzen „sülzen."

Tauber 1765. *Taubert* 1763 nhd. Tauber „Täuber."

Teucher 1579. *Teichert* 1839. *Teuchert* 1870 = ss. *teijar* zu *teijn* (mhd. liehen) „schleichen"; vgl. den nhd. F. N. Schleicher. Wegen des unorganischen -t vgl. *Taubert, trijtart* (Trichter), *lijtart* (Leuchter), *hälftart* (Halfter) u. s.

Tepper 1505, *Theper* 1620. *Töper* 1850 „Töpfer" (as. *tépar*); lat. gen. *Figuli* 1880.

Theuvel 1505 „Teufel."

Tigler 1505 zu mhd. tegel, tigel „Schmelztiegel."

Trichtermacher 1579.

Wnbehawen 1581: nicht *behouwen* (mhd.) „durch Hauen verwundet;" anders Heintze (S. 214).

Villuoben partie. praet. 1505. zu mhd. vil (viel. sehr) und hoben (-v-) „in den Hof aufnehmen, höfisch erziehen und bilden," also „gut höfisch gebildet."

Vogler 1505 „Vogelfänger."

Wagner 1557; lat. *Curripar* 1557.

Weberh 1505: lat. gen. *Textoris* 1788.

Wechter 1505 mhd. wehter „Wächter."

Weingärtner 1820, *Weingartner* 1625, *Weyngerther* 1620, *Wengerter* 1579, *Weyngarter* 1505 = mhd. wîngertener, wîngerter zu wîngarte (as. *rduort*) „Winzer."

Weisbäck 1505 an. *reisbâk* „Weissbäcker."

Veyrauch 1788 — *Weihrauch* 1890.

Welleweber 1505 = mhd. wullenweber „Wollenweber."

Wiesenbauer 1786.

Winklar 1505, *Winkler* 1807. „einer, der einen Winkel (Krambude) hat."

Winter 1854 (s. o. *Sommer*).

Wollenschleger 1505 = mhd. wollensleger „der durch Schlagen die Wolle reinigt und verarbeitet."

Czanker 1500, lat. *Zancherus* 1657 „Zänker".

Zaudner 1722, *Zautner* 1870 zu as. *tsaudn* „zanken."

Czech 1786, *Zaich* 1784 mhd. zeche (as. *tsa̅'χ*) „Zunft."

Zehner 1824 mhd. zeiner, der zeine (as. *tsè* „Pfeile") macht. *Zehnschnetzer* 1579, *Zenschnitzer* 1505, *Zehschnetzler* 1807, vgl. nhd. *Pfeilsticker.*

Zeysken 1505 as. *tseiskn*, dem. zu mhd. zîse (Zeisig, dialekt. Zeis-chen).

Ziegler 1819 mhd. ziegeler „Ziegelbrenner."

Cʒymerman 1505, *Cʒemerma* 1617 „Zimmermann" (ss. *tsämermā*).

Cʒink 1819 = abd. zinco „weisser Fleck im Auge", vgl. zinkat (Gottschee) „mit einem Fehler im Auge behaftet", Friderich der Cinche (Andresen K. 79).

Zobel 1850 „Zobel, sibirischer Marder": hiemit konkurriert die Abl. vom ahd. F. N. Zubilo (s. Steub 121).

Cʒop 1505 =: ss. *tsóp* „Zopf."

Cʒopfmacher 1505.

Cuberleyn 1505 = mhd. zuberlin „kleiner Zuber" (Scherzname).

Cʒwack 1505 = ss. *tsrak* „von zwei Ästen gebildete Gabel" (Spottname).

Nösner Idiotismen.

Von

Dr. Georg Keintzel.

Nösner Idiotismen.

Im Folgenden wird eine Nachtragssammlung zu den von Friedrich Kramer veröffentlichten „Idiotismen des Bistritzer Dialektes" und teilweise auch zum Haltrich'schen „Plan zu Vorarbeiten etc." geboten; es ist zugleich auf volkstümliche Redensarten grösseres Gewicht gelegt worden. Herr Pfarrer Friedrich Kramer hat seine eigene nachträgliche Sammlung dem Verfasser in entgegenkommender Weise zur Verfügung gestellt; die daraus entlehnten Worte und Wendungen sind mit Kr. (Kramer) bezeichnet. Die mit dem vor einigen Monaten erfolgten Uebergang in ein anderes Berufs- und Arbeitsfeld verbundenen mannigfachen neuen Aufgaben haben dem Verfasser eine eingehendere Behandlung des gebotenen Wortmaterials unmöglich gemacht; hoffentlich bietet die Arbeit auch in der vorliegenden Form verwendbaren Stoff für das siebenb. sächsische Wörterbuch. Die Dialektworte und Redensarten sind, wo sich nicht ausdrücklich eine andere Angabe findet, in der Mundart der Stadt Bistritz (B.) angeführt; für S. Regen wird als Abkürzung R. benützt.

---

airäš, adj. R. neidisch, missgünstig.

åltfrånzumər, m. Altweibersommer; auch als Bezeichnung für das im Herbst herumfliegende Spinngewebe gebraucht.

åmäst, pron. (mhd. iemun); *nåməst* (mhd. nieman).

aiäm, adv. übel, *ət wuerd·əm aiäm* es wurde ihm übel zu Mute. Kr.

aəlwait; *dat maul, də ögə šiön·əm aəlwait öfn* sagt man von weit geöffnetem Mund und Augen.

opəl. m. (mhd. apfel) *mir opəl kwæmən* sagt man von Leuten, die grosses Selbstbewusstsein zur Schau tragen, ohne dazu Veranlassung zu haben; *æn dn ʒauərn opəl baisu* wird von unangenehmen Beschäftigungen gebraucht.

ausŝprox, m. *diər huəd-æn gádn ausŝprox* sagt man in R. und auf den Landgemeinden von einem guten Redner.

áxtər (zu ndd. achter, hd. after), in Kl. Bistritz Hintergetreide, zumeist bei Hafer. (Vgl. auch in Tirol *áftre* Nachgetreide, Fromm IV, 59).

gəbá°dər, m. in *Niʒnər gəbá°dər* jetzt allmählig aussterbende Bezeichnung für einen zum ehemaligen Bistritzer Distrikt (*gebú°t* = mhd. gebiet ,Bezirk. Territorium') gehörigen Sachsen.

bá°gwərin, m. Bienengarten, auch allgemein für Baumgarten gebraucht.

bail f. (zu mhd. biule) Scharte an Messern. Aexten u. s. f.

ərbaisn, st. v. *ə kæn ʒix næd-ərbaisn* er kann sich in seinem Zorn, in seiner Aufregung nicht mässigen. Vgl. ,den Schmerz, das Lachen verbeissen."

bái, f. (magy. bél) Darm: *də báìn dré ʒix nwər æm* Bezeichnung für grossen Verdruss oder Unwillen.

bærləfækt, m. (vgl. mhd. bilwiz) Kobold.

bærgruši, in der Kindersprache die Hebamme; dafür wird auch *bá°matər* gebraucht; *wælt bærgruis* in R. Schimpfwort.

bátŝpən, f. in R. *bietŝpan* (mhd. spanbette) Bettstatt.

gəbauər, m. (wie mhd. gebûr, ahd. gibûro); dagegen ist das nhd. *bauər* nicht volkstümlich; in übertragener Bedeutung: roher, ungeschliffener Mensch.

báx, f. in B und auf den Landgemeinden der Umgebung kurzweg die Bezeichnung für den Bistritzfluss; in der Redensart: *diər wit-tə báx ox net gruət flá°sn moxn* ähnlich wie: *diər wit-tət kraut ox net fat moxn* der wird nicht viel ausrichten, nicht mehr erreichen als andere.

biəriʒ. m. Berg wird meist nur in Zusammensetzungen gebraucht: *hunəbriʒ* Hahnenberg. *kirŝbiəriʒ* eine Weingartenhalde in R., *biərrij-æn, biərrij-aus* bergab, bergauf; sonst alleinstehend *rá°ʒ*, in R. *riəʒ*.

bikə, m. in R. *bika* der Stier; *ə ŝpant dn bikə u, ə æs tsorniʒ*

wä³ ə bikə, ə tsórnəbikə Bezeichnungen für einen zornigen Menschen; *ə haiəlt wä³ ə bikə* von lautem Weinen; in Kinder-
reimen: *bilʒi, bilʒi, lanibə, nærin inich of də hérn; imä's miʒ
ærn ə trégəltʒi, ʃərkéʃ miʒ ʃur ə ʃegəltʒi* (Schönbirk).

gəblarkt in R. *əd-ærʒ-æ gəblarkt mærnü* von einem Menschen, der
sich kann sehen lassen, der einem Staunen, Bewunderung
einflösst.

blödər, f. hat (wie mhd. blātere) die Bedeutung ‚Blase, Bläschen
auf der Haut‘.

blös, f. (wie mhd. blāse, ahd. blāsa) mit der engeren Bedeutung
„Harnblase.“

bokəfrä, auch *bokəlfrä* und *bronfrä,* f. Brunnenfrau; dieselbe
zieht Kinder, die sich über das Geländer des Brunnens beu-
gend hineinsehen, in die Tiefe hinunter; in Jaad heisst sie
hékəlfrä. Kr.

bokənäs, m. In R. als Bezeichnung für einen Duckmäuser gebraucht; davon gebildet das Verb. *bokənä᷄ʒe* duckmäusern.

bol, f. plur. *boln* in R.; *boln,* m. plur. *bein* in B. (mhd. bole),
der gefüllte Baumstamm, der als Bauholz verwendet wird.

brädər, m. *hær brädər* in R. noch mitunter als Bezeichnung für
Oheim gebraucht; auf den Dörfern ist hiefür auch *bäläi*
(magy.) üblich.

brä᷄digv, sw. v. (zu got. *brôdjan, ndd. brœ᷄jen) brüten; *dahém
brädije* R. unthätig zu Hause sitzen.

brä᷄ʒ, f. Hanfbreche; in der Redensart *dət maul géd-ən wä³ ən
brä᷄ʒ* von einem, der viel und unnötig redet.

brəməln sw. v. (zu mhd. brummen) murren, brummen.

brandüʒ, f. (rom. brăndușe) Frühlingssafran, Herbstzeitlose.

brətən, sw. v. plaudern, ausplaudern, *brotʒ. brətmaul* Plauder-
maul. Kr.

bré᷄ʒəl plur. (vgl. Goethe: bröselein) Brosamen, besonders aus
hartem Weissgebäck geriebene.

brirəln, sw. v. viel und oft Brod essen, besonders von Kindern.

brödər, m. Bratenwender, Bratmaschine. Kr.

brüt, n. (mhd. brôt) häufig in dem Sinne von Lebensunterhalt:
ʒai brüt ʒä³kn, ə færnt dö ʒai brüt.

bübəs, buibəs, m. (vgl. rum. buba Geschwulst) Knorren am Holz,
am Kopfe des Menschen. Kr.

buɔɪn, m. (zu mhd. burn) Getreidetriste. Kr.

bugatiɣ. adj. (aus dem rumän. bogat) reich, mit der Nebenbedeutung grossthuerischen, protzigen Wesens.

bugal, f. auch dim. **bugaltɣi**, n. (vgl. magy. boglya) ein kleinerer Heuhaufe; mehrere **bugaln** werden zur **klău** (zu mhd. klunge) zusammengelegt.

bukaln sw. v. Die sächsischen Ehefrauen auf dem Lande setzen Sonntags auf das glattgescheitelte Haar ihren Kopfputz auf: **kral, tswaril**; der den Kopf bedeckende Spitzenschleier wird durch zwei mit Buckeln versehene Nadeln festgehalten. (Vgl. die **buckelhauben** der Augsburger Bürgerfrauen, Schmeller, Wb. I, 152). Kr.

buku, sw. v. (magy.) fallen in der Kindersprache.

buriɣ, f. in B. kurzweg die Bezeichnung für den westlich von der Stadt gelegenen Berg, auf welchem einstmals die Hunyadiburg stand: **u dar buriɣ** an dem Burgberg.

burntut, m. Dickkopf, Trotzkopf, davon das adj. **burntutiɣ** dickköpfig von Kindern. Kr.

butiɣ, adj. (vgl. magy. butn) dick, stumpf, besonders von der Körpergestalt; **ə æ**ʒ**-æni ʒai butiɣ lébm ooɔst** er ist um sein Leben, an dem nicht viel liegt, besorgt.

dæk, adj. **dæk wirt** wird auf dem Dorfe ein wohlhabender Landwirt mit grösserem Grundbesitze genannt.

dækpatsiɣ, adj. in R. dick, feist, pleonastisch, da auch **patsiɣ** ursprünglich diese Bedeutung hat.

daneriɣ, adj. in R. **æ wuart danɔriɣ** er wurde zornig.

daubmûtisər, m. Taubenhabicht, Kr.

dauχ, f. in R. **dok** f. (mhd. dûge, ndl. duig) Fassdaube.

dâɪ, m. **tswi fiewər fuə dâɪr ofstó** „zwei Finger vor Tag." d. h. sehr früh aufstehen.

ibɔrdəbaɪn sw. v. durch Ueberreden bei einem Handel übervorteilen, überrumpeln.

dédɔrn, ʒiɣ bədéidɔrn sw. v. cacare von Kindern, besonders infolge von Angst.

dél, f. „Ackerteil", Ackerland: **hunəf, kraut-, türkéikorndél; dél** in der Bedeutung des nhd. Teil schwankt in seinem Geschlechte zwischen M. und N.

dil, m. (mhd. dil, dille) Brett; daneben in B. häufiger *brēt*, in R. seltener *brāt*, plur. *brædər*.

bədinkn ʒiχ sw. v. sich — zumeist ohne Grund — etwas einbilden, sich stolz zeigen. Kr.

dodər, n. (mhd. toter) *ʒai âər hu tswé dodər* sagt man von jemandem, der alles besser haben will, als andere.

dor m. (rum. dor Sehnsucht) *dor hu nô ast* Verlangen nach etwas haben, *ə hrəd-æn grûsn dor* er hat ein lebhaftes Verlangen.

gədûx, adj. laut, stark in Petersdorf; *gədrux* in Mettersdorf. comp. *gədèntər, gədû* in Jaad. comp. *gəditər; gədô* in Pintak; *ət rént gədô* es regnet stark.

bədrä̂bm sw. v. *dət wédər, der himəl bədrä̂ft ʒiχ* es wird trübe, der Himmel bewölkt sich; ähnlich *dər himəl aʒ-æmtsogn*.

drædain ʒiχ sw. v. R. sich im Kreise drehen; *drædəl* f. Wasserwirbel; *drædliʒ* adj. schwindlig infolge des Drehens. Vgl. in B. *trændəl* f. (mhd. trindel) Wasserwirbel.

draiʒ, adj. (mhd. trocken, ndd. dreuge) *ə æs nox nært draiχ handər dn ürn* sagt man spöttisch von einem, der trotz seiner Jugend sich zu viel zutraut; *draiχ də wôrhét ʒô* trocken die Wahrheit sagen.

draidəx, n. *draidáx*, n. in R. Handtuch (zum Abtrocknen).

drädər, m. *driədər*, m. In R. *æ frəst wâ æ driədər* wird von jemandem gebraucht, der sehr viel isst.

drädn, st. v. (mhd. dröschen) heisst auch: viel und unnötig reden.

dréχ, adj. in R. *də iχ* flach: *ən dréχ iæsəl* eine flache Schüssel.

drobm, m. (rum. drob, magy. darab) grosses Stück; *dînr inait ʒich æn drobm brüt; nært-tm drobm* mit dem Haufen. Kr.

dromain, sw. v. (zu uhd. trommeln?) in R. brummen, jemanden mit Klagen, Vorwürfen in den Ohren liegen; die Trommel heisst in R. ausnahmslos *bou* (mhd. bunge). in B. *druməl* (mhd. trumbe, trumbel).

druiə sw. v. in R. ähnlich wie *äürn*, B. *äörn* jäten, vom Unkraut reinigen; auf dem Lande wird *dristn, druistn* vom zweiten Ackern im Brachfeld vor der Wintersaat gebraucht. Kr.

dwliχ, adj. (zu mhd. tal) von sanftabhängenden Wiesen und Aeckern gebraucht. Kr.

dubərn, sw. v. Geräusch machen: *gədubər* n. Geräusch (lux. *gədarbər*); *əd·æɤ-a'n âlt gədubər* sagt man von einem Menschen, der viel lärmt und brummt.

dudərn, sw. v. schnattern, schnell und geistlos sprechen (lautmalende Wortbildung). Kr.

dunstər, adj. (mhd. dunster) dunkel. dämmerig. in Deutsch-Buduk. Kr.

dŭrhə̂dər, m. Thorhüter hieß in K. noch vor einigen Jahren der Sebul- und Kirchendiener, als einstiger Hüter des Thores in der Ringmauer um die Kirche.

dŭl, m. *tsigáneš dŭl* Ohnmacht. Kr.; vgl. *tsigánaš grain* verstellt weinen, *ţix tsigánaš äta̋ln* in K. von heuchlerischem, verstelltem Benehmen gebraucht.

édu, m. (mhd. eidem) wird in B. allmählig durch das nhd. *šwijərⱬən* verdrängt: in K. und auf den Dörfern dagegen noch fast ausschliesslich gebraucht (vgl. *édm* in Westphalen, *éăn* in Schlesien, Thüringen).

éhafiⱬ, adj. R. *éhafiⱬ* B. von schiefer Körperhaltung (aus den Hülten) gebraucht.

éblóx, m. Oel verkaufender Walach, als Scheltwort für einen rohen, ungezogenen Menschen gebraucht. Kr.

ém, m. (vgl. afries. *ém,* ags. *eam,* mengl. *əm)* Oheim in Klein-Bistritz.

faiərhȃ'st, m. der eiserne Bock, auf den man das zu verbrennende Holz legt. Kr.

faiərn sw. v. (mhd. viuren) 1. Feuer machen, heizen, 2. schlagen, prügeln.

fáⱬⱬel, m. der Florschleier, den die Bäuerinnen auf dem Haupte nach hinten herunterhängend tragen. Kr.

fakn, sw. v. 1. hastig nach etwas greifen, 2. von dem unangenehmen stechenden, häufig wiederkehrenden Schmerz in den Zähnen (*əl fakt mər æn tsant*) und in offenen oder eiternden Wunden. (Vgl. *gruntsn*).

fælpəs, u. in R. geflochtener Korb; B. *fælⱬəs* (mhd. félwe + vaz).

fápt, n. (rum. fapt) Nesselausschlag. Kr.

fárt, n. (mhd.) pfért) wird nur auf dem Lande gebraucht; in den Städten *rós*, doch in Zusammensetzungen: *farɪsbír*, *farɪskner l.*

fás, m. (mhd. vuoz) hat wie in Schwaben und am Rhein die Bedeutung des nhd. Bein; dieses letztere hat seine ursprüngliche Bedeutung ‚Knochen‘ bewahrt im Worte *iinəbé*; für sich allein wird das Wort *bé* Bein in der Mundart nicht gebraucht, nur vereinzelt in der alten Dürrbächer Zauberformel: *bæⁱ tsə baⁱ*. Kbl. IX. p. 55.

fɛ̃ʒəln sw. v. (zu mhd. vazelen) in R. Junge bekommen, besonders von Hunden und Katzen. B. *fæⁱʒəla*. Vergl. schles. *faseln*, Junge zeugend sich fortpflanzen (Fromm IV, 167), henneb. *friluk. físeluss* Zuchtochs (Fromm IV, 308.)

fásərn, sw. v. in R. *fasərn* (mhd. vezzeren) fesseln.

fá³slæuk, m. der eine Teil einer Unterhose oder Hose.

fatət, n. R. *fætət* (vgl. ags. fneted, as. *fétid) Fett.

fértlíʒ, adj. scheu, furchtsam, zu *ʒiʒ ərférn* sw. v. sich erschrecken.

féʒnəʒ (wəimər), f. in R. *fist* f. weisser Gutedel.

gəfœrt, n. Fuhrwerk, meist in verächtlichem Sinne: *ə élæni gəfœrt*.

fidərn, sw. v. (mhd. fürdern, nhd. fodern, födern) fördern, vorwärts bringen, aneifern.

ərnfídnən, sw. v. in R. *ərnfídəmə* (mhd. vedemen) einfädeln; davon *ə huəd-ət gəfídni*. In R. *æ huəd-ət gəfídni* er hat es zufällig getroffen (wie beim Einfädeln mit dem Faden das Nadelöhr).

fírʒæuk, m. (nhd. pférsich), in R. *piərʒ*, f. Pfirsich.

fírtil, n. (nhd. vierteil) in R. 1. Scitel, 2. ein sog. Viertelfloss, wie sie auf dem Oberlauf des Miersch heruntergeflösst werden; unterhalb von R. werden je vier solcher Flösse zu einer *lisi* zusammengebunden.

fírtsəln, sw. v. in R. daneben auch *girgəln* sw. v. *mæt-im másər fírtsəln* mit einem schlechten Messer herumschneiden; in derselben Bedeutung in B. *fargəln* sw. v.

fisn, sw. v. unerlaubter, verstohlener Weise etwas fortnehmen, sich aneignen, in der Kindersprache.

fitsəln, sw. v. weinen, von Kindern; daneben auch *flintən*, davon *flintškats*, f. von einem weinerlichen Kinde, auch *hailkwədər* m. Kr.

4

flåder, n. (mhd. vlôder) das Gerinne der Mühle.

flais, m. ə *huⁿd·ət mɑri flais gədū* er hat es absichtlich, mit Vorbedacht gethan.

flæk, adj. (mhd. vlücke) ə *huⁿd·ə flæk maul* sagt man von jemandem, der dreist und unverschämt redet.

flaks, f. (ahd. Flechse) Sehne. Kr.

flænkaš, m. unbeholfener, flegelhafter Mensch. Kr.

flauʒənôxər, m. (zu nhd. flause ‚Vorspiegelung‘) in K. als spöttische Bezeichnung für einen schwatzhaften Menschen üblich; auch Spottname für die Mediascher; in B. *flauʒənmaxər*.

flåtn gô zu Grunde gehen.

fli ʒā·kᵛ haarspalterisch, wählerisch sein (besonders beim Essen); *æn flú ɑⁿ-d-úr ʒåtⁿ* etwas unangenehmes mitteilen.

fligəl, m. ə *lɑt də fligəl hē* er lässt den Mut sinken; *əm huⁿd·ⁿ də fligəl gəštuist* man hat ihn (in seinem Uebermut, seiner Anmassung) in die Schranken gewiesen.

flitər, m. (vgl. mengl. fliteren, flattern) Schmetterling in Schönbirk; sonstige Bezeichnungen *flutur* (rum.), *rupmåiitər*, *ʒumərfogəl*.

flits, f. (mhd. flöz, n.) das Floss; *flitsə* in K. flössen.

flitšə, sw. v. in K. *flitšəln* in B. (vgl. bair. flitschəln, flitən flattern, mit den Flügeln schlagen, in der Schweiz schwirren vom Pfeil) sich unstät und zwecklos hin und her bewegen.

flô, f. (zu mhd. blahe, rheinfr. pld. Wetterau blâ) in K. grosses, grobes Leintuch, besonders zum Trocknen des gewaschenen Getreides benützt.

flöi, m. Amboss in Windau.

flôk, m. (mhd. pfluc) wird auch als Bezeichnung für einen plumpen, unbeholfenen Menschen benützt.

tsəfludərt, adj. (vgl. ndd. fluederich zerfetzt, Fromm III, 260), daneben auch *tsərflondərt* und *tsətsudərt* zerfetzt, zerlumpt; *əl gêt flundər* es geht in Fetzen.

flutsn, sw. v. (iter. zu flackern, mhd. vlockzen) aufflammen. Vgl. bair. flaugezen, Schmeller. I, 586.

fluxt, f. kurzweg Bezeichnung für die ung. Revolution im Jahre 1848/49; z. B. *æn dər fluxt, fər dər fluxt*.

fŏdərgədàl, m. ein feiner, engspiralig gewundener Draht zur Anfertigung von Kunstblumen. Kr.

fŭrn, sw. v. (mhd. fochen) 1. fauchen, 2. durch Blasen Hülsenfrüchte, Korn reinigen, 3. *əl fŏxt-əm de ꞁuitn* sagt man' von einem infolge der Anstrengung schnaubenden Pferd; *ə laxt, dəd-əd-n fŏxt.*

fraktūrəꞁ, adj. umständlich. pedantisch genau.

fidsn n. *ə gefanən frásn* die sich unvermutet darbietende günstige Gelegenheit zu irgend etwas; *də maᵍst-əl auꞁfrásn* du musst die bösen Folgen davon tragen.

fráskækəl n. die erste Mahlzeit der Landleute, etwa um 9 Uhr vormittags genossen. besteht gewöhnlich aus einer Suppe: *lábət, ꞁauᵊr lábet,* im Winter auch *wúrst, lébərwúrst, vaꝛ.*

friꝛtəl n. *ə liꝛt friꝛtəl* heisst man einen schlechten, unnützen Menschen.

ərfrirn sw. v. (mhd. ervroeren) fact. zu *fra‘ꝛn* (mhd. vriesen) erfrieren machen: *də wist-tər də hand-ərfrirn.*

frótstáꞁdər m. „Fresssack“. Vielfrass. Kr.

fuᵊꞁniꝛ f. (mhd. vasenaht) heisst auch „Fasching.“

fuərə m. Pfarrer (auf dem Lande); *biéꞁ fuərə* f. die Feldwanze. Kr.

fuksn sw. v. refl. sich ärgern.

fum m. (rum. fum Hochmut, Einbildung), *ə huᵊd-ærn fum* er ist eingebildet, stolz.

fuäkə f. schlechte Grasart, die sich vor der Sense beugt und nicht gemäht werden kann. Kr.

fusprænts m. R. *dúd-ærs net nur fusprænts* das ist keine geringfügige, unbedeutende Sache.

fúꞁituꞁ m. (rum. fugit. part. praet. zu fugire laufen) heisst man in R. einen schussigen, unordentlichen, sich übereilenden Menschen.

gaꞁtn ꝛiꝛ sw. v. sich ärgern, in Zorn geraten: *gæftiꝛ* adj. zornig, erbost. Vgl. auch henneb. fränk. *sich ergiften* in Zorn geraten (Fromm. III, 136).

ugærntsn sw. v. in R. *ugærntsə* von etwas Vollem, Gefülltem zu nehmen anfangen; *ærn flaꞁ wéⁿ, ærn huəbm mæd-audrævk ugærntsə.*

4*

— 58 —

fərgopəln *ʒiʒ* sw. v. durch Uebereilung einen Fehler machen, z. B. beim Sprechen.

gæpəl m. (vgl. mhd. gupfe, Spitze, Gipfel: hess. küppel, Hügel) in R. Hügel.

gártsəlu sw. v. einen bitteren Beigeschmack haben; junger Wein *gártsəlt*. Kr.

géinəs f. in Botsch, *ginəs* in Deutsch-Zepling die Steuer; *géinəsnitər* m. Steuereinnehmer. Sonst heisst die Steuer *tsá's* m. in R. *tsős*, auf den Dörfern auch *tsunəs* (mhd. zins).

gés f. *giærn hu, wá' də gés dət má'ər* sagt man ironisch, wenn jemanden eine Sache sehr unangenehm ist; ähnlich *wá' dər hont dn klæpəl,* auch *ə huəd-ən giərru, wá' der hont dn pəlʒnkiərn.*

ærgí st. v. (mhd. ergēben) in R. *æ huət ʒiʒ ærgí* er hat sich darein gefügt; B. *ə huət ʒiʒ ərgê.*

gigəlbogn. m. Fiedelbogen in Treppen: sonst *fírgəlbogn.* m. (zu *fírgəln* sw. v. fiedeln.)

gil f. gewöhnlich im plur. *gíln* iu R. *gáln* in B. (zu mhd. geile, f.) Hode.

gliʒn sw. v. Töpfe durch Bleiglätte verglasen: *gəglíst dæpm* innen verglaste Töpfe. Kr.

gliwosər n. (zu mhd. gelit, glit n.) in der Redensart: *ə huət niʒə gliwosər* von einem Menschen, der schwach auf den Füssen ist; in R. auch *æ æs iwax aus dn pitsiknóxə.*

əfgó st. v. 1) *dər dóʒ gét of* (durch die Hefe): *dət fléš æʒ-əfgavən* das Fleisch ist verfault, gegessen worden; *bəgó ʒiʒ nərd-æst* sich mit einer Sache behelfen; *ugó* sich anzünden.

gúndəltsokər m. R. *kondəltsokər* m. B. Kandiszucker.

góx n. (mhd. joch) *əm góx ʒai* angestrengt sein.

grænt m. (mhd. grint) *dn grænd-əfkratsn* den Kopf zurecht setzen.

grántsə'n adj. (zu mhd. grüene, frisch, roh) wird in R. gebraucht von unreifem Obst, Gemüse; *grántsæn audræuk* nicht genügend gesäuerte Gurken.

grázguərtn m. (zu mhd. 'grabesgartən) in B. der Friedhof; in R. *buriəʒ* n., weil das Begräbnis sich dort auf einer Anhöhe (*riəʒ*) befindet.

grəsnákiʒ, adj. grimmig, tückisch; ähnlich *grá'tsəndiʒ.*

fərgratlə, sw. v. R. *ʒiʒ də fés fərgratlə* die Füsse verstauchen;

in B. In derselben Bedeutung *tiɣ fərgroin* von *grol* f. der Winkel der gespreizten Füsse; *groin* sw. v. heisst auf dem Lande ‚schreiten.‘ (Vgl. bair. *gratən* mit auseinandergespreizten Beinen gehen, Schmeller II, 125. *sich fergratən* in Nürnberg mit ausgespreizten Beinen gehen, sich die Beine verdehnen. Fromm. II, 84).

gruntsn, sw. v. (mhd. grunzen) *də tsant gruntsn mər* sagt man vom stechenden Zahnschmerz.

guəgəlits, f. in R. Löwenzahn, Kuhblume; Mettersdorf *gelits* Dürrbach *golits*, Botsch *goilits*, Schönhirk *gugəlits*, Waltersdorf *gigəlits*, Treppen *godəlits*, Tekendorf *gurgəlits*, D. Budak *gintsəltɣə*, Burghalle *bikəblám*, Windau *štiglitsblám*.

guliɣ, adj. (zu rum. *gol* nackt, bloss) haarlos, kurz geschoren; auch unbefiedert; *guli*, m. scherzhafte Benennung eines kurz geschorenen Menschen.

gurgəl, f. (mhd. gurgel) *ə huəd-æn äu gurgəl* sagt man von jemandem, der im Essen wählerisch ist, keinen rechten Appetit hat.

gəhaileriɣ, adj. zum Weinen aufgelegt (vgl. henneb. fränk. heulerig, zum Weinen geneigt. Fromm. II, 461); ähnliche Bildungen sind *gəlaxeriɣ, gəšuməriɣ, rénəriɣ* regnerisch.

hákəï, f. Steineiche. Kr.

ibərhaldiɣ, adj. in R. *iwərhəldiɣ wédər* anhaltendes, beständiges Wetter.

haməl, m. *ə tail wá ə gəäöxn haməl* sagt man von dem stieren Blick eines Menschen.

hærugér, m. (mhd. Nbf. henger neben henker) in R. 1. Henker, 2. Abdecker.

hæukəln, sw. v. an einer sonst nicht gefährlichen Krankheit lange kurieren, leiden: *ə hærukəlt äu laŋ dru* er kränkelt schon lange daran. Kr.

hǟnspər, m. (mhd. hamster) wird als Bezeichnung für einen schwächlich aussehenden Menschen gebraucht: in B. auch *ə taid-aus, wá wæn-ə hátsəl* (Hausgrille) *frés*.

hantəš, m. dicke Erdscholle, wie sie beim Ackern entsteht. D.-Budak. Kr.

hantséldər, n. wenn ein Mensch, Tier oder Pflanze im Wachstum frühzeitig stehen bleibt, sagt man: *a(d)-æ;æn hantsåldar*. Kr.

hantskat, f. Schelmerei, Mutwillen; *hantskat draibm* Mutwillen treiben: *a as fol hantskat*, auch *hantsmæku* er ist voll Schelmerei. Kr.

hūntrækar, m. in R. *hūntragar* (mhd. hautwёrker).

harám m. (rom. haram, verflucht) in B. als Bezeichnung für einen ausgelassenen Knaben, Gassenjungen gebraucht.

hærgadiska, u. R. der Blattlauskäfer; auf dem Lande finden sich dafür sehr verschiedenartige Bezeichnungen; so in Treppen *hirganiski*, Botsch *hirgalgaiska*, Weilau *hærgagéska*, Kl.-Bistritz *hærgandiiska*, Wallendorf *hærgaldaiski*, Burghalle *mánriski*, Schönbirk *bubarutsku*. Wermesch *buburutsku* (rum. buburuza, kleine Blatter). Vgl. Kramer, Idiotismen. p. 48.

hargúts, m. spöttische Bezeichnung für den Armenier.

hátar, m. in R. *hátnar* (mhd. huotaere) Hutmacher.

hauf, f. (mhd. hūbe) *æn ált hauf* eine alte, bekannte Sache, Geschichte.

hefidårl, m. pleonast. besonders vom Schweinskopf gebraucht: *if hu beim u. murnäpak gakóxt* Ich habe beim Schweinsschädel Speckmöhren gekocht. Kr.

hdlíf dåx. m. Feiertag.

hamlíf, adj. (mhd. heimlich) in R. 1. langsam: *hiš hamlíf gó*; 2. leise: *hamlíf riadn*.

héan gó (zu mhd. eischen, heischen) wird speziell auch von der Brautwerbung gebraucht.

hét f. (mhd. heide) Mezöség; von einem rohen, ungebildeten Menschen sagt man in R. *æm diokt, æ wér fu dar hét*. in B. *fu dar muntya* (rum. munte).

hirelft f. *æm da hirelft maxn* unvollständig, halbwegs machen.

hidá st. v. etwas versorgen, auch zu Grunde richten: *a huat ;iɣ higadū*. Kr.

hiaraš adj. dem Herrnstande angehörig, vornehm; *a hiaraš mænš* ein vornehmer Mann (auf dem Lande). Kr.

ofgahift adj. voll, gefüllt; *æn ofgahift šaif* ein gefüllter Teller.

higarn refl. von frösteln, gruseln; *af higart miɣ* es fröstelt mich, läuft mir kalt über den Rücken. Kr.

hiŋn sw. v. ein Kind auf den Armen wiegen, einschläfern; *hiš, hiš* Rufe beim Einschläfern der Kinder. Kr.

hiʒain refl. v. in R. (zu magy. hizlalni) sich pflegen, so dass man fett wird, sich mästen.

hökariln sw. v. Kinder auf dem Rücken tragen, in Jaad und Kl.-Bistritz (siehe Kbl. VIII, 88); üblich ist dafür in B. *bokalámıʒi drú*, in Dürrbach *tsutanıula drú*, Butsch *tsuta drú*.

húl m. (mhd. hugel) *ə kıt wå" dər húl an də ätapəln* sagt man von einem Menschen, der plötzlich und ungelegen irgend wohin kommt.

hubäx f. die Weissbuche.

hubra f. wird als Bezeichnung für einen unordentlichen Menschen gebraucht; davon das adj. *hubrañiʒ*, in derselben Bedeutung *rubrañiʒ*.

hubribuš m. unordentlicher, leichtfertiger Mensch. Struwelpeter. Vgl. buir. *hudern* in Eile und obenhin verrichten. *hudri, hudri* über Hals und Kopf, über Stock und Stein (Schmeller, II, 153). in Kärnten *hudern* übereilt und schlecht arbeiten.

huərt adv. (wie mhd. harte) auf dem Lande zur Verstärkung gebraucht: *huərt haoriʒ* stark hungrig.

gəhuəwərt (part. von *huəwərn* sw. v.) in R. 1. mit Hafer gefüttert; 2. gut, üppig genährt, auch von Menschen.

hufartkvs m. hoffärtiger, eingebildeter Mensch; spöttisch sagt man von einem solchen: *h. lák-ın äpœs,* wenn er infolge seiner Hoffart verarmt ist.

huinskäm plur. „Hahnenkämme" heissen wegen ihrer Form in R. geradelte Nudeln; sonst wird für Hahn immer das Wort *kukaš* gebraucht.

huntsn sw. v. (zu mhd. hunt) schelten; *aushuntsn* ausschelten. Kr.

hutsn sw. v. (mhd. hutzen) schaukeln, *hutš* f. Schaukel.

idunk f. (zu mhd. oede sif.) Not, *it* adj. teuer *əd-œs an it tsait* es ist eine teuere Zeit, Teuerung. Kr.

irlstəróx f. Hühnernuge; auch sonst deutsch Elsternuge. Egerstenaug (Grimm, D. Wb. III, 418, 84).

iərthæntʃi n. Hamster in Schönbirk und sonst auf dem Lande.

intsət, əntsət adv. (mhd. iezuo, iezent; vgl. auch nürnb. éizet Fromm. I, 130) jetzt, auf dem Lande.

ir adv. (zu mhd. irre) *ir gö, ir lúfn* herum gehen, herum laufen. in Petersdorf, Ob.-Neudorf.

jonistnbúm m. in R. Robinic, Aknzienbaum.

júrlušt f. (vgl. mhd. sumerlate) einjähriger Holztrieb. Kr.

jut m. *dət ŝtiéd-m wá' dəm judn də flint* sagt man von jemandem, der sich bei einer Sache unbeholfen, linkisch benimmt.

jutsint f. in R. *jotsint* f. Hyazinthe.

káf f. (mhd. kuofe) in R. grösseres Fass, daneben auch *légal*.

kahúltiə n. dim. heisst in R. ein aus dünnen Tannenstämmen zusammengefügtes Floss.

kailərvk m. (zu mhd. kûle, md. kaule, ndd. käuling) wird als verächtliche Bezeichnung für Kinder gebraucht; *krvədn-kœi'lərvk* m. Kaulquappe.

kaił, n. (zu mhd. kît, kîde) Getreidekorn, wird im plur. *kaidər* auf dem Lande in der Bedeutung „Maiskörner" verwendet; *guər tsə kaidn* alle insgesamt; in Zusammensetzungen häufig: *hôrkait* das einzelne Haar, *ŝtrikait* Strohhalm, *hartskait*. Vgl. auch Kb. I, 97.

kakadér, m. (rum. encndarie Hagebutte) Frucht der wilden Rose.

kalitskə, n. (magy. kalitka, Nbf. kaliczka Käfig) in R. kleine Hütte.

kœməl ;ålts (Kümmel und Salz als verbundenes Gewürz, sieh. D. Wb. V, 2, Sp. 2591) ganz versalzen, ganz salzig.

kámən, sw. v. (mhd. kemben) *əm wit-tif, ŝu kámən*. R. *kámiə* man wird dich zurecht setzen: vgl. damit das Wort durchhecheln. Auch im älteren Nhd. wird *kämmen* in der Bedeutung: jemanden züchtigen, strafen, tadeln gebraucht (Grimms Wb. V, 1, sp. 109).

kœndəln, sw. v. (zu kint) gebären; *kœntfrá*, f. Wöchnerin. Kr.

kop f. (mhd. knppe) *of də kop gö* jemandem zusetzen.

kœpəln, sw. v. R. *kœpəln* (vgl. magy. kapálni) mit Axt oder Hacke kleinere Einhiebe in Holz, Erde machen.

kopłvdn, m. (zu mhd. knpfen?) Dachfenster.

kopm, sw. v. hastig nach etwas greifen.

kœpın, sw. v. hauen, hacken; in übertragener Bedeutung jemanden mit bissigen Bemerkungen angreifen.

kapŝúliʒ, adj. schussig, närrisch.

kapút (aus franz. capot) entzwei. zu Grunde gerichtet. *kapút gô* zu Grunde gehen.

karbóts, f. in R. Peitsche, Karbatsche.

korlât, f. (zu magy. korlút) Geländer vor Schmieden zum Beschlagen der Pferde.

kæs, n. Gestrüpp, Strauchwerk in Kl. Bistritz.

kostról. f. in R. kastról (frz. casserole) Kochgefäss.

kats. f. *əd-a's for də kats* zu nichts nütze; *katsndæs*, m. ist der Tisch, an welchem bei Gastmühlern. Festlichkeiten niedrig gestellte Gäste sitzen.

wəfkéfn sw. v. *də kurás* den Mut benehmen, *dn mátwæln wəfkéfn* den Mutwillen vertreiben.

kəkésít adj. (von *kokəᵢ*. R. kokas Hahn) leicht in Zorn geratend.

kélämokít adj. wohlschmeckend. Kr.

kəré m. auch *púrdé* m. *tśəré* verächtliche Bezeichnungen für den Zigeuner.

késkə n. der hinten am Wagen angebrachte Wagenkorb.

kéɣər m. *of dn áldn kéɣər lôs* unbekümmert drauf los.

kil m. (mhd. Nbf. koele, koel) Kohl.

kir, kirt f. (mhd. kér) Krümmung eines Weges.

kirbəs m. (mhd. kürbiz) verächtlich auch für Kopf gebraucht: *də ilést-tər dn kirbəs æn*.

kiən sw. v. giessen, spritzen; *dat blát kid-m dad-ət kiət* das Blut kommt ihm, dass es spritzt. Kr.

klobern sw. v. klettern, klimmen; dafür auch *klæmərn* sw. v. Kr.

klaft f. eine Abteilung der Herde z. B. Ochsen. In Kl.-Bistritz wird die Ochsenherde zum Zwecke der Weide in vier *klaftn* geteilt. Kr.

klæftkə n. dimin. Buchenholzscheit, Kl.-Bistritz. Kr.

klæukəln sw. v. kränkeln. weinerlich thun (von Kindern).

klantən sw. v. wählerisch, ohne Hunger und Appetit essen.

klopər f. verächtlich für Mund; *hâl dər dai klopər!* Kr.

klát f. (mhd. klette) *ə hèd-umər wâ' æn klát* sagt man von jemanden, der sich an einen fest anschmiegt.

klaubm sw. v. (mhd. klûben) das im Nhd. im Aussterben begriffene Wort wird in unseren Mundarten sehr häufig gebraucht;

ə kænd əfklaubm ein uneheliches Kind (*ə əfgəklauft kænt*) bekommen; *;iχ ərklaubm* sich körperlich oder materiell erholen.

klintln sw. v. langsam, mutwillig essen, besonders Brod.

klipsn sw. v. (zu mhd. klëben, ns. klibón) kleben. davon *klipsiχ*
adj. klebrig. *klips* nt. der klebrige Baumsaft, auch der Kleister,
welchen die Kürschner gebrauchen.

kloma, m. R. (ndd. klump, ndl. klomp) Klumpen. Haufen.
klontriχ, adj. R. *klontriχ* in B. (vgl. holl. klont f., klonter m.
Klumpen) klumplg; *klontər,* f. Mehlklügelchen, Mehlklümpchen.

knartl, f. Bezeichnung für eine zänkische, geizige Frau. Kr.
knépiχnórəl, f. Stecknadel, „Knopfnadel."

kniatwasər, n. Wasser zum Kneten; in R. in der Redensart: *ət
ləi dn maiskər kniatwasər* von weinenden Kindern.

knóp, m. (mhd. knopf) hat wie im älteren Nhd. und noch jetzt
in oldt., md. und ndd. Mundarten auch die Bedeutung
„Knospe. Blumenknospe.'

knospər, f. die Himbeere in Botsch.

knurwaln, sw. v. in R. an etwas herum nagen, beissen. B. *knar-
waln;* auch sonst deutsch *knarfeln* knirschen mit den Zähnen
(Grimm, D. Wb. V, 1524), schwäb. *knirfeln, knaubeln* knir-
schend nagen, beissen.

kobarwuəgə m. gedeckter Wagen; österr. *kobelwagen* hoher gedeckter Wagen (D. Wb. V. 1541); *kobər,* m. Dach des
Wagens.

kokastirk, m. (nus dem rum. cocostäre) Storch; in übertragenem
Sinn: ein Mensch mit langen Beinen, hoch aufgetürmtes Ge-
bäude; in Mettersdorf *krapəstuírlæuk,* m. Storch.

kápm, m. Treppen *kuəpm* m. Hügelname auf dem Lande; *wə-
nar kápţi* n. Windauer Kuppe (vgl. mhd. gupf, md. koppe).

kərn, n. *dət kórn wid əm blá' ‗das Korn wird ihm blühen,"* es
wird ihm gut gehen.

korttsigu, m. auch *kortorár* m. Zeltzigeuner (zu rum. cort Zelt),
in R. *ţatərttsigu;* in B. auch *jiptərtsigu* Aegyterzigeuner.

kótsngrúf, adj. auch *grúf wə̃ ə kótsə* in R. sehr grob; auch
bair. österr. grob wie ein Kotze (zu *kótsn,* mhd. kotze grobes
Wollzeug). Von einem Grobian sagt man auch: *ə grúf
knorn.*

kôxəs. n. Küche: * œ ƫdt wẫ dər hont æn dət kôxəs* sagt man in R. von dem begehrlichen Blick eines Menschen.

kranƒúƫər, m. in R. gemeiner Soldat, verächtliche Bezeichnung eines unbedeutenden Menschen; ähnlich *kułmatundjər* (rum. culma Kappe, Toader — Theodor) „Theodor, der sich nicht einmal die Kappe abnimmt.“ Dr. Kisch.

auskrœ̃. m. *dət huưd æn auskrœk bəku* die Kunde, das Gerücht hat sich verbreitet.

kratsbirn. plur. Brombeeren in Wallendorf. Kr.

krœst. m. *dər hålīƫ krœst* in R. der Christengel, der den Kindern hie und da noch in Furcht erregender Verkleidung die Geschenke bringt.

krœ̃ːtitœmiptʒi. n. Holzklotz, mit welchem man die Christnacht hindurch heizen kann.

kriraiƒ. f. Reibeisen ; *kriraiƒ, ʒauər ʒup* wird auch von Menschen mit mürrischem Aussehen gebraucht.

krišpindəl. n. *dœr wåˣ ə kr.,* auch *wåˣ ə špœrgœts* sagt man von sehr mageren Leuten.

krô. f. (mhd. krâ) heisst nun eine böse zänkische Frau.

kruưdngərœts. n. (vgl. in der Zips *krœutngardt*) Froschleich ; bildlich auch von unappetitlichen, aus zerfetzten Stücken bestehenden Speisen gebraucht.

krušin, klušin refl. verb. (aus dem rum. crucire) „sich bekreuzen,“ sich verwundern.

kuartəln, sw. v. R. Karten spielen von *kuartal* f. Karte.

kugəln, sw. v. rollen; dieses letztere Wort wird in der Mundart nicht gebraucht; *œ kugəlt ʒīƫ ƒur laxə* Bezeichnung starken Gelächters in R.

kurâstə, f. (rum.) geronnene Milch von Kühen, besonders solchen, die vor kurzem gekalbt haben.

kurdīx. adj. (zu rum. curat rein, echt) *dəd-œs nœt kurdīx* es ist nicht ganz richtig; *dəd-œs inər nœt kurdīx* ich befinde mich nicht ganz wohl.

kušin, sw. v. ruhig sein, still schweigen, zunächst von Hunden, dann auch von Menschen (aus frz. couche!).

kutkêbər, m. in R., *kotkêbər* in B. „Gotscheeer“, Südfrüchtenhändler.

kwdr, adj. R. *kwâr* fett, fleischig, stramm.

farkwæsin, sw. v. (ndl. verkwisten) den Raum verstellen. Unordnung machen.

kwáiš f. Gabelast; böse Frau. Schwäizerin: *kwáišn* quetschen, schwatzen. Kr.

tsokwintoln, sw. v. *ţiẕ dot héft tsokw.* sich den Kopf über etwas zerbrechen.

kwuok, f. Dohle in Kl. Bistritz. Kr.

láiẕ, f. (mhd. lîch) *of do láiẕ gô* zum Begräbnis gehen; *do láiẕ æs mûrn* die Beerdigung findet morgen statt.

golákoriẕ, adj. naschhaft; vgl. „Leckermaul.“

láliẕ, adj. lau; *láliẕ wworom* lauwarm.

lânt, n. (mhd. lant) hat auch die spezielle Bedeutung Ackergrund: *kûrn-*, *tirkoẕkôrnlânt, krautlânt*.

lænt, adj. (nhd. linde) feucht: *lænt wwidor, lænt wáẕ; lænt goẕáltsn* wenig gesalzen.

lowon, sw. v. *ot loukt næt es* reicht nicht aus; *lono u æfost* in R. etwas anrühren.

lôuktsin, adv. spilt; *liuktsomor* spilter.

lármáš, m. (aus dem frz.: doch unmittelbar aus magy. lármás) Lärmmacher.

lotsnuogol, m. grosser, schmiedeiserner Nagel.

laudn hirn gerüchtweise etwas vernehmen.

laus, f. *ţiẕ lais æn dn piolts moxn* sich unbeliebt, sich Feinde machen (vgl. hiezu D. Wb. VI. 351, Fromm. V, 174); *méliẕ wá̓ æn laus, æn laus æm do šlat jungu* Bezeichnungen für Langsamkeit: *lausknakor* m. rechthaberischer Mensch.

lidor, n. *o æst wod-m æni lidor gét* er isst sich übersatt: ähnlich *o fært ţiẕ dot rá̓ntsol* (zu mhd. rans, Bauch, Wanst).

bolegorn (zu mhd. léger Lager der Tiere, davon légern) durch Viehweiden ein Grundstück düngen (auf dem Lande).

lon, *uoflón*, sw. v. in R. *léno* leugnen, in Abrede stellen.

forlóporn, sw. v., volkstümlicher *forlóporn* leichtfertig vergeuden.

léẕn, st. v. (mhd. lésen) heisst auch „Trauben lesen“: *léẕn* u. Weinlese.

lét, n. *ţiẕ æn 't lét losn* sich dem Schmerze hingeben.

libits, m. in R. Haubenlerche; Bezeichnungen für die Lerche auf dem Lande sind: *akarmantʒi* n. in Schönbirk, *eusndraiwartʒi* n. in Dürrbach, *plauxdraiwartʒi* in Waltersdorf.

ligʊ, f. (mhd. lügene): *mæt lignən æmgō* Lügen anwenden; *tʃar ligʊ ströfn* Lügen strafen.

lir, f. (mhd. lëre) *of dɔ lir gō* sich als Lehrling einem Handwerk widmen: *of dɔ lir gē* einem Handwerk zuführen.

lis, f. (mhd. liuhse) Wagenleiste R. *æ æs wē mæt-tar lis gərárt, gəlaukt* er ist wie vor den Kopf geschlagen.

liʒın, sw. v. (mhd. liuhten) *dɔʃ-ət æn diʒ ʒɐl liʒın* dass der Blitz in dich fahre!

æntlosn, refl. v. *dɔ waimərn ʒai æntlosn* sagt man, wenn die Weintrauben weich und reif zu werden beginnen.

lōʃ lʌit (lōʃ zu mhd. leie laicus?) in R. das niedere Volk, die Bauern. Vgl. J. K. Schuller Beiträge zu einem Wörterbuche der s. s. Mundart, p. 37.

bailuɐx, f. in R. *bēluɐx* Beerdigung unter dem Geläute der Abendglocke.

bəlüfn. refl. v. sich begatten von Tieren, namentlich von Hornvieh, davon *liʃʒ* adj. (mhd. löufte) brünstig.

luks, m. (mhd. luhs) *ɔ ʒʌit wā' ɔ luks, ɔ huɐt luksōgɐ* sagt man vom scharfen, durchdringenden Blick eines Menschen.

mäis məxn Ausflüchte suchen, Umstände machen; auch bei Goethe „Mäuse machen" in derselben Bedeutung.

mak, m. (vgl. ndd. muk sanft, ruhig, Fromm. II, 539) *ɔ məxt nært mak* er gab keinen Laut von sich, er muckste sich nicht; auch nhd. nicht muck sagen, „keinen Laut zum Zeichen des Widerspruches von sich geben", mucken von einem Ausdruck der Widersetzlichkeit.

markiʒ. adj. in R. selbstbewusst, stolz im Auftreten, in der Haltung *æ git markiʒ, æ hēlt ʒiʒ markiʒ.*

mákō, m. in R. *mōkɔ* in B. Maulaffe, einfältiger Mensch (vgl. Haltrich-Wolff, Volkskunde, p. 356).

makriʃ, m. (zu rom. macriʃ) Sauerampfer; in Heidendorf, Schönbirk *magariʃ.*

mæbrn. sw. v. (zu mhd. mël Mehl, Staub, Erde, vergl. auch mhd. zermuln, zermülu „zermalmen") festes Erdreich (mit der *mæbrhā)* auflockern.

mæmaln, refl. verb. *ət mæmalt țiχ* es verlautet. Kr.

mondjaln, sw. v. in R. *mondjoln* (zu mhd. munt?) undeutlich, mutwillig reden, namentlich von Kindern.

manfaln, sw. v. (zu mundvoll?) kauen. Kr.

márgantsántχi, n. Schneeglöckchen in St. Georgen. Kr.

mæst, m. (mhd. mist) *nar țai och næt fum mæst ofgaklauft* wir sind auch nicht von ganz geringer, niederer Herkunft.

mæibédn gó in B. und auf den Landgemeinden „konfirmiert werden.“

mæu, f. (mhd. muome, udl. moei) in Kl. Bistritz „Tante, Muhme“.

méliχ, adj. (vgl. mhd. almechlich) langsam : *ə gét méliχ.*

mén, f. (mhd maere) hat die ursprüngliche Bedeutung: Gerücht, erfundene Erzählung beibehalten: *mérndrá'jor* m. Verbreiter von Gerüchten, von üblen Nachreden, Verleumdungen.

méraš, m. *dər đlt mérei* Marmarosch. Kr.

méstar, m. (mhd. meister) hat besonders auf dem Lande die spezielle Bedeutung „Handwerker.“

mibrǽnartțə, n. in R. Bezeichnung eines weiblichen Tieres, besonders bei Katzen.

milar, m. (mhd. müller) *ə æs haʊriχ wá' dət milar țai hén* sagt man von jemandem, der keinen rechten Hunger hat.

miánuaš, m. 1. Gemisch. 2. aus Wein und Sauerwasser gemischtes Getränk. Kr.

miits f. Kosename für eine kleine Katze ; in R. *əd æs kats wǽ mits* es ist einerlei.

inóka m. in R. *móka* (vgl. rum. mocan Schafhirte, magy. mokány, ungehobelt, bäurisch) Tölpel, einfältiger Mensch.

mókaš m. (zu magy. mókus) Eichhörnchen. Kr.

muelk f. (mhd. molken) die bei der Käsebereitung übrig bleibende wässerige Milch ; *æn də uelk gó* in die Molkenkur sich begeben.

muerávai m. ebenso *muerigal, muriz* (Mohr) sind Scheltworte für unreine, schmutzige Kinder. Kr.

muergǽnt n. „Marktende“ heisst in R. noch jetzt das südwestliche Stadtende, weil R. früher eine Marktgemeinde war.

muerlaf m (mhd. mar-alp) besonders in der Scheltformel *dot diχ tar muerlaf*; ähnlich *dot-diχ dər mænki* (zu magy. mennykô).

muərtər f. (mhd. marter) *æn dər muərtər rédn* in der Verlegenheit, notgedrungen reden.

murtsiẓ adj. mürrisch, verdriesslich, zum Weinen aufgelegt, besonders von kleinen Kindern. Vgl. Kbl. VII, 107, 130.

muẓərn sw. v. verzausen; *ə æs guər fərmuẓərt* er ist ganz zerzaust. Kr.

mutiẓ adj. (zu rum. mut stumm) dumm, einfältig; in R. *muta* einfültiger Mensch. Vgl. Haltrich-Wolff, Volkskunde, p. 356.

fərmuẓẓn sw. v. durch Feuchtigkeit verderben, besonders von der Wäsche.

ganæk n. (mhd. genic) *ə ẓərist mər af-əm ganæk,* auch *ə hauxt mər af-əm lébm* sagt man von einem zudringlichen Menschen

naklæuk m. Hemdkragen. Kr.

fərnækẓn sw. v. (Iter. zu mhd. nicken) *dn fis fərnækẓn* den Fuss verstauchen.

nan f. (zu mhd. nunne) gewöhnlich in der Scheltformel *dət-tiẓ dji wælt nan* auch *wælt bæigrúsi* dass dich deine wilde Grossmutter! Kr.

niẓəln sw. v. 1. nieseln. 2. von dem Herabrieseln eines feinen Regens gebraucht: *ət niẓəlt,* dafür auch *ət tsiməst _es* siebt."

uiẓnər jörmak der Bartholomäusjahrmarkt in Bistritz. Kr.

nólæẓiəẕ, adj. in R. mondsüchtig: *nólə'ẓt* u. Neumond.

nứûû énər ẓax eine Sache sich angelegen sein lassen.

nuəs. f. (mhd. nase) *ə had-ərn gát nuəs* er hat es gut getroffen, er hat es richtig vorhergesehen.

oəm, m. (mhd. oven) *mər k.ó dn oəm æn* als Ausdruck der Verwunderung und Ueberraschung.

pækəs, m. Schimpfwort, womit besonders der städtische Handwerker die Bauern bezeichnet.

pakətæl, n. in R. (ital. bagatella).

palméẓəl, m. in der Redensart: *afgəpuist wă' ə palméẓəl* von übertriebenem Kleiderputz. „Palmesel, ein hölzerner Esel, der noch vor ein paar Jahrzehnten am Palmsonntag in feierlicher Prozession herumgeführt wurde." Sieh. Schmeller, bair. Wb. I, p. 281.

pampəln, sw. v. ähnlich wie *pontən* etwas verderben, besonders durch häufige Anwendung von Hausmitteln: *ẓə pampəln fil*

ᴣrᴂm ᴨᴉe wenden allerlei Hausmittel ohne den rechten Er-
folg an. Kr.

parip, f. (zu magy. paripm. rum. parip) kleines, uuansehnliches
Pferd.

porᴣᴈt, m. (zu mlat. barcᴂuus, mhd. barchaut, barchet).

uᴈfpoᴨn, ᴨw. v. *ᴈ huᴈt miᴫ uᴈfgᴈpᴈs!* er hat auf mich gewartet,
um mich zu treffen.

pᴂti, m. Abdecker, Senkgrubenreiniger, auch als Schelt- und
Spottbezeichnung gebraucht.

pátsn, ᴨw. v. (mhd. beizen) mürbe mᴧchen, namentlich das
Fleisch.

pᴂiᴋtsᴈᴨ, f. 1. Beisszange, 2. bildl. zänkische, zuweilen auch
sehr geizige Frau; dafür auch bloss *pᴂtä* f.

pᴈin, ᴨw. v. (zu mhd. pfäl) heften; *upᴧin* anheften.

peiᴫn, plur. *nᴂm (klauf) dᴈr dai ᴣibᴨ pᴧiᴫn tsᴈhóf* nimm dir deine
sieben (Zwetschken) Sachen zusammen.

pᴈisín, ᴨw. v. (zu rum. patire) *iᴫ hun-ᴈi nᴈx nᴂt pᴈisit* ich habe
es noch nicht erfahren, versucht, mitgemacht.

ᴈfpiᴈrlisn ᴨw. v. 1. etwas aufdrängen, 2. schwängern.

pif m. *ᴈb pif, jᴧdn pif* jeden Augenblick.

pikᴈihᴧriᴨk m. in R. *gᴈdrᴂᴨki ᴨᴂ dᴈ p.* sagt man von grossem
Gedränge.

gᴈpikᴈii in R. *gᴈpᴧkᴈii* in B. adj. bunt gefleckt.

pibᴣᴨ ᴨw. v. die Fische mit einer Stange aufstören, um sie zu
fangen; davon *pibᴈᴣr* m. Kr.

pinkᴈᴣᴨ ᴨw. v. hämmern. Kr.

pipa f. (ndd. pipe, ndl. pijp) in R. Tabakspfeife; *pipᴨ* rauchen;
pip f. Weinpipe; *pipᴈin* öfters, gewohnheitsmässig trinken.
Auch in Tirol z. B. *pipien* trinken. (Fromm. IV. 332).

pibᴈr m. daneben auch *ᴣᴧᴣᴈr* m. Harn.

piskir diᴫ in R. in der Kindersprache: schäme dich.

pikkói f. (frz. biscuit, ital. biscotto); vgl. auch österr. *bisᴣúdn*
(Fromm. II, 510).

pibrᴣiliᴫ fᴈrkᴧfn beim Tanze vergeblich auf einen Tänzer war-
ten; vgl. *ᴣᴨᴈrn fᴂi habn* im Meiningischen in derselben Bedeutung. (Fromm. II, 277.)

pitsiknôx f. Gelenkknochen aus den Füssen der Lämmer, Zicklein, von den Kindern als Spielzeug benützt.

pitsültẓə n. (vgl. magy. piczuln, rum. pitúln) in R. Zehnkreuzerstück, *fərplæmpərn* sw. v. *də tsait fərpl.* die Zeit unthütig vergeuden. Vgl. *fərpləmpərt* unnütz verthon, verschwendet. Fürstent. Lippe. (Fromm. VI, 492.)

plæmpəl m. kleiner Dickwanst.

plünts f. dim. *plintsko* n. (mhd. pflnnze) Setzling; dagegen *flänts* mit verschobenem Anlaut: Pflanze.

plantüiχ adj. weich und flach gedrückt.

plütsn sw. v. (Iter. zu md. pflocken, ndl. plukken) überflüssige Triebe, Blätter von Pflanzen abbrechen, abpflücken; auch zu dicht gewachsene Pflanzen im Garten durch Ausreissen lichten.

plumptsn sw. v. (mhd. pflumpfen) mit dumpfem Geräusch fallen; einen solchen Fall bezeichnet die Interj. *plumpts!*

poχnatiχ, auch *poχkitiχ* (zu rum. posnatec) wunderlich, possierlich; *poχnə məxn* (zu rum. posnn Spass) Unsinn, Ulk machen.

prakútər m. (vgl. magy. prókátor, zu lat. provocare) in R. Advokat, doch zumeist in scherzhaftem oder spöttischem Sinne.

prédign, sw. v. heisst in übertragener Bedeutung auch: viel und unnötigerweise reden: *ə prédiχt əχufəl; prédiχ, prédiχ, də kiriχ æs lódüχ* sagt man in R. jemandem, dessen Reden kein Gehör finden; *dər far prédiχt nét tswémôl* wenn man einmal Gesagtes nicht wiederholen will. Vgl. auch Fromm. II. 469.

prédülə f. Not, Verlegenheit: *ə-æχ-æn dər prédülə.* Kr.

prôtais n. das dünne Randeis am Ufer der Flüsse. Kr.

pukəl m. (mhd. buckel) 1. Buckel, 2. Rücken: *iχ gé dər ént of dn pukəl* ich schlage dich auf den Rücken.

pukəln sw. v. *ə pukəlt χiχ for ləxn* er lacht so, dass er sich krümmen muss; ähnlich *ə huət χíχ pukliχ gəlaxt, ə kugəlt χíχ for ləxn, ə halt χíχ dn baux.*

purdinaki Bezeichnung ganz nackter Kinder.

purdú, interj. in der Kindersprache, Nachahmung des Schalles beim Schiessen (vgl. henneb. fränk. und sonst *bardauχ*).

púr χíliχ əlé. púr χíliχ ælé in R. mutterseelenallein.

purχliχ, adj. (vergl. magy. borzas) verwirrt, zerzaust von den Haaren.

purš, m. in R. heiratsfähiger Jüngling, auch *frændərpurš*

pusn, sw. v. in R. wie auch obd. küssen, in der Kindersprache.

pušn, m. Blumenstrauss. (Vgl. Fromm. III, 524 und Schmeller, I. 214).

putzpədutχ, m. in R. onom. Bezeichnung der Wachtel, dafür in B. *huphup* m., *utχpədutχ*, m.

putrəgâi, n. (zu rum. putrigalu) vermodertes Holz. Kr.

pútsn, sw. v. einen gegen den andern, besonders aber Hunde anhetzen; *püts* der Ruf, womit man Hunde hetzt Kr.

rabəln, refl. v. hart, angestrengt arbeiten, wie ein rub (magy.) := Gefangener. Kr.; ähnlich *tíχ rakərn*, *tíχ uɐfrakərn*, sw. v.

raim, m. (mhd. rim neben rif, ndl. rijm, engl. rime) Reif; *bəraimt* bereift. Kr.

rakbrôdn, m. in der Redensart: *dər ra'kbrôdn hurt tij-əm əruɐgəłosn* er hat den Hexenschuss.

rækliχ, adj. *ət gét ra'kliχ mæd-əni* er geht den Krebsgang.

ra'nə, m. in R. ein grosses Stück (Brod); *a'n ra'nə bruit inuidn*. Vgl. Kramers Idiotismen. p. 107.

rənipəln, sw. v., in R. *rompeln* (mhd. rumpeln) geräuschvoll bewegen.

ɩ ǽndǝl. n. in R. ein Küchengefäss zum Braten des Fleisches.

ɩ óndərn sw. v. in R. *ɩ óndərn* reizen, necken; ähnlich *gréisn*.

ræv adj. (wie mhd. ringe und im ähd.) leicht von Gewicht, auf den Landgemeinden: *dis há æs ræv* diese Hacke ist leicht.

rapəše, *ɩʋʒumərapəšə* sw. v. (mhd. raffen, ndd. ndl. rapeu) in R. eilig zusammenraffen. Vgl. auch bair. *rapsen* hastig nach etwas greifen. Schmeller. III. 117.

angəráim adj. (vgl. anhd. geruhsam) unruhig. geschäftig: *iχ hu an angəráim nuəxt gəhuɐt*; *ə ætʒə angəráim mænš*. Kr.

ræst m. (mhd. rist) Fuss- und Handgelenksrücken.

ɩ ætʃə sw. v. R. (mhd. rutschen) *dəd-iəsə rætšt mər nät* das Essen schmeckt mir nicht. Vgl. „die Erbsen wollen nicht rutschen", von einer widerstehenden Speise. D. Wb. VIII, 1569.

reiter n. (mhd. riter) R. grobes Sieb besonders zum Reinigen des Getreides. *rétərn* sw. v. reitern; in B. *raitər, raitern*.

ripəln sw. v., daneben auch *rifəln* (zu mhd. riffeln, durchkämhen, -hecheln) tadeln, einen Verweis geben. (Vgl. D. Wb. VIII, 1259).

rìstn sw. v. (mhd. roezen, roetzen „faulen machen") Hanf, Flachs u. s. w. mürbe machen, rösten; *gərìst kraut* das Sauerkraut, *gərìst tswìbəl, gərìstsəl* durch Braten mürbe gemachter Zwiebel.

roiʒəm m. (mhd. ruse, mndd. wruse) Rasen in Mettersdorf, sonst *wuəʒmt*.

rômf m. (mhd. ranft, ranitt) in R., *râmf* in B. Rand, Einfassung.

bərûmt adj. (zu mhd. râm Schmutz, Russ) berusst, beschmutzt. Kr.

ron m. (mhd. rone ‚umgefallener Baumstamm') Baumstamm, der zu Brettern geschnitten werden soll. Kr.

rûtspis m. (der zweite Wortteil zu mhd. bühse) Scheltwort für ein unreinliches Kind.

rubraš, m. unordentlicher Mensch; *rubraširʎ* adj. unordentlich.

sabatáš, f. die dem Lehrer von den Schülern gebrachten kleineren Naturalien; in übertragenem Sinne: *na·m dər dai sabatálien tsəʒúmən* nimm dir (pack dir) deine Siebensachen zusammen! Kr.

sila, f. triviale Bezeichnung für Grossmutter; *silapú*, m. Grossvater.

ʒágəln, sw. v. *ʒágəln* in R. (zu mhd. segen, ndd. seggen) einem mit Reden in den Ohren liegen, verklagen, alles weiter erzählen; davon *ʒáglər* m. *ʒágəlkəts* f.

ʒaiməgaigudâx, m. auf dem Lande der Tag Simon und Judae, von der erwachsenen Jugend mit Tanz gefeiert.

ʒækərn, sw. hart zu Boden werfen: *iʎ ʒækərn diʎ widər də iᵃrt* ich werfe dich zu Boden. Kr.

ʒænkliʎ, adj. sinkend, hereinbrechend; *də ʒænkliʎ nuᵃxt* die hereinbrechende Nacht; *ə blif bəʒ-a·n də ʒænkliʎ nuᵃxt of-əm fiᵃlt*. Kr.

ʒonobmt, m. „Sonnabend ist wesentlich md., ndd. und Samstag obd." Kluge; *kræstʒonobmt* der Tag vor Weihnachten.

ʒænt, adv. (mhd. sint), daneben auch *ʒit: ʒænt tswî dâᵗʎ* seit Tagen.

gəʒæstərtkænt, n. (zu mhd. geschwisterde) Geschwisterkind.

ondərʒátsəl, n. Bottich zum Brühen der Wäsche mit Lauge.

6*

χœisfléχ, n. *ə huot niχə χœisfléə* sagt man von einem Menschen, der nicht lange ruhig sitzen kann.

χaul, f. (mhd. sûl, auch hûir., schwäb., rheinfr. saul) Säule.

χé, sw. v. (mhd. snœjen) in übertragenem Sinne ‚verlieren‘: *iχ hu mər hait dət mǽsər gəχéi* ich habe heute das Messer (unbedachtsanmer Weise) verloren.

χéʃlautər, m. R. *χiʃlotər* (der zweite Wortteil zu mhd. lûter (?), durchsichtig, hell), Seifenschaum.

χèr, f. (zu rum. zer, Milchwasser) die bei Erzeugung von Butter oder Käse übrig bleibende wässerige Milch.

gəχiʃ, n. Getränk in verächtlichem Sinn: *ə liχt gəχiʃ* ein schlechtes Getränk. Vergl. Elsäss. *gsüff* schlechter Wein (Fromm. III. 12).

χifiχ, adj. ist ein Getränk, das sich angenehm trinken lässt; *χiʃlœvk* m. Gewohnheitstrinker.

χiliχ, adj. schwächlich, schmilchtig, namentlich von Kindern.

χiwərn, sw. v. auch *χiðərn*, gelinde regnen, ähnlich wie *niχəin* und *isiməχn*.

labəsdákəl, m. in R. *ʃabəsdiəkəl* verächtliche Bezeichnung eines Hutes und einer Kopfbedeckung überhaupt. (Vgl. zu diesem auch sonst vorkommenden Worte die Ausführungen bei Fromm. VI, p. 370).

gəlærʃ, n. in R. *gəlǽ'χ* in B. (mhd. geschüche coll. zu schuoch) Schuhwerk, coll. zu *láx* m.

laiʃ, f. (mhd. schîbe) Teller; *tswô saiʃəin* zwei Teller voll ; *æn oʃgəhiʃt ʃaiʃ* ein gefüllter Teller.

ʃaiwôbmt, m. der Abend vor der Hochzeit. Kr.

ʃâl, adj. schlecht; *ʃâl jár* Missjahr in der Billaker Kirchenmatrikel vom Jahre 1716. Kr.

lælkruəl, f. *ʃælkruət* R. (mhd. schildkrote) Schildkröte.

lalútərn, sw. v. viel und unnötigerweise reden, schwatzen; *lalútərmaul, âlt gəʃalútər* Bezeichnungen schwatzhafter Menschen.

lamʃdrən, sw. (mhd. schimphieren) beschimpfen, verspotten. Kr.

læmpəs, n. (zu mhd. *schimphûs) triviale Benennung des Abortes.

lapirn, sw. v. (zu frz. échapper) entwischen, entkommen; auch sonst z. B. in Tirol *tʃappiern*, Fromm. IV, 452.

kástar, m. (mhd. schuoster) in R. Lederer; in B. *gabaírai kástar* der bäuerisches Schuhwerk verfertigende Handwerker.

bascédn, sw. v. *liχl, gorŝtiχ bȝkédn* jemanden einen schlechten Bescheid geben, (schroff und beleidigend) abschlägig bescheiden.

ŝéax, adj. (zu mhd. schiech?) misaraten, unfruchtbar: *séax jór* Missjahr Kr.

kœparn, sw. v. *mari-lam sábal kœparn* den Sübel auf der Erde klirrend nach sich ziehen. Vgl. *tképarn* im Lesachthale (Kärnten) klirren, klirren machen, Fromm. VI, 201.

kŝrtĵȝ, n. auch *kŝrkdĵχaliχȝ* in R. *kŝærkd'χaliχi* in B. ein aus ausgelassenen Speckwürfeln und Mehl bereitetes Gebäck.

ŝíŝhát, m. (dèr erste Wortteil zu mhd. schoup. Strohbund) in R. grober Strohhut, wie ihn die Szekler verfertigen. Vergl. *kóphút* Strohhut im Henneb. fränk. Fromm. VI, 475.

kildarn, sw. v. tadeln, auf dem Lande.

ŝí maxn χiχ sich nir machen; *ŝí maxn* die Maiskolben entblättern; *dai ŝí grêi* die Sonntagskleidung des Bauern.

ŝírbȝk, n. (ahd. scirbi, mhd. schirbe) irdener Topf) Geschirr aus Thon, Nachttopf; *blámanŝirbaI* Blumentopf.

ŝírl, m. Werkzeug zum Kratzen des Backtroges.

gȝŝit, n. (mhd. schüte) Schotter, auf dem Lande.

gȝŝiwart fôl in R. ganz voll.

ŝkœps, f. in R. Bezeichnung eines bösen, zanksüchtigen Weibes.

ŝlabȝrn, sw. v. in R. *ŝlubȝrn* sw. v. in B. flüssige Speisen eilig geniessen, hinunterschlucken. Vgl. das gleichbedeutende ndd. *ŝlabbȝrn, ŝlawȝrn* (Fromm. VI, 478).

ŝládjarholis n. das beim Ballspiel zum Schlagen benützte Holz.

ŝlaifȝs n. „Schleifhaus"; *a hœd-ȝ gát ŝlaifȝs* sagt man von einem redseligen Menschen; vgl. das nhd. „den Schnabel wetzen".

ŝlápholis n. Bezeichnung eines langsamen, schwerfälligen Menschen.

ŝlœisfôst m. in R. ein zu Umfriedigungen verwendeter mit einem „Schlitz" zum Einfügen der Bretter versehener Pfosten.

ŝléŝal m. schmaler Ring an einem Gürtel.

ŝliplaisȝr m. (der erste Wortteil *ŝlip* Bettstärke) Scheltwort für einen furchtsamen Menschen. Kr.

uȝŝló (mhd. *abeslahen) in übertragenem Sinne: das Wasser von der Mühle ableiten; *dȝ kd hœd uȝfgȝŝló* die Kuh giebt keine Milch mehr. Kr.

šludərn sw. v. den Schleim durch die Nase hinaufziehen. Kr.

šluəbərn sw. v. auch *fəˀšluəbərn, aušluəbərn* in R. ausplaudern, denunzieren: *ʒiχ bəšluəbərn, bəšlubərn* in B. (wie ndd. *slabbern*) sich besudeln.

ušlupm sw. v. (zu mhd. slupfen) Pantoffeln, bequeme Schuhe anziehen. Vgl. ndd. *šlup* abgetragener Schuh, Pantoffel. Fromm. VI, 479.

šmæisənæk f. (zu mhd. smeizen eneare) Schmeissfliege.

šmiʒəliχə n. daneben auch *kréʒəliχə, kréʒəl* n. R. Halskrause der Kinder.

bəšmutərn sw. v. (vgl. ndl. smodderen, mengl. bismoteren ‚besudeln‘) beschmutzen; *šmutərkáxə* in R. Bezeichnung eines schmutzigen Menschen.

šnap f. *ə aʳʒ-oʃ dər šnap* er ist nahe daran, es steht ihm nahe bevor.

šnapm sw. v. (zu mhd. snappen) *ət wil-liχ næsi šnopm* du wirst es nicht erlangen; *oʃšnapm* etwas zufällig vernehmen, erfahren; *ibəršnapt* schussrig, närrisch, irrsinnig.

šnikinək m. in der Redensart *ə fʳaˀt ʒiχ wäˀ ə šnikinək* Bezeichnung grosser Freude.

šnipsn sw. v. (zu mhd. snipfen, md. snippen, in kurzer Bewegung schnellen) beschönigende Bezeichnung für ‚stehlen‘.

šnufn sw. v. (vgl. ndd. ndl. snuffeln); *isə šnufn gé* tadeln, einen Verweis geben; ähnlich *andər də nuəs raibm, ən nuəs bəku;* auch *isə šlukə bəku.*

šnjagə sw. v. in R. nachlässig gehen, schlendern.

špəldərn sw. v. (zu mhd. spälte, spélter ‚abgespaltenes Holzstück‘) in R. mit einem dünnen Hölzchen — *špəldər* f., B. *spaldər* — die Enden der Leberwurst zumachen.

uəšpéu sw. v., in R. *uəšpénə* (zu mhd. spanen ‚locken‘) I. Säuglinge von der Mutterbrust entwöhnen; 2. allgem. die Lust zu etwas vertreiben. Vgl. nhd. ubspenstig machen.

špéχholts, plur. *špéχdltsər* auf dem Lande ‚Schmetterlinge‘.

špórn m. (mhd. spore) *æn špórn æm héft hu,* ähnlich: *ə huəd-ə rá:χi isə fil, dəl rapəld-əm, dəd-æs næi riʒliχ mærd-əni, ə huəd-æn fugəl* Bezeichnungen für abnormen Geisteszustand.

špri adj. (zu nndl. spru, nflän. sprooi) spröde.

äruagəln sw. v. (zu mhd. schrage ‚kreuzweis stehende Holzfüsse‘) hin und herwackelnd gehen; dafür auch *kndjəln* sw. v.

slāfix adj. (zu mhd. sluofe) holperig.

släkər plur. (zu mhd. stück) *mæl släkər* mitunter (auf dem Lande).

släka m. (mhd. stecke) *ə trǣft-əl wā° də blænt krö dn släkn* sagt man, wenn jemand etwas zufällig trifft.

slämp plur. zu *slamp* (mhd. stumpf) kakoph. die Füsse; *ix wəl dər də slämp lajin* ich will dir die Füsse in Bewegung setzen. Kr.

släudix adj. (zu mhd. stude) erwachsen, mannbar, von Mädchen in scherzhafter Rede.

släbərn sw. *släwərn* in R. (zu mhd. stöuben) aufjagen, vertreiben.

gäsläslnəs n. (mhd. gesteltnisse); *ə hund-ə spāqix gäsläslnəs* sagt man von einem Menschen mit sonderbarer Gestalt.

slipəs m. *ə klé slipəs* Bezeichnung kleiner Kinder.

slipslx adj. von Esswaren, die durch langes Stehen dumpfig (*dimplx*) geworden oder schon in Verwesung übergegangen sind.

släsl m. (mhd. stoezel) Werkzeug zum Stossen in dem Mörser.

släxläjəl m. in R. *släxliəjəl* (zu nhd. stochen, ndd. stoken ‚das Feuer schüren‘) Aschen- und Kohlenschaufel.

slrabənlsn sw. v. *ərrənslrabənlsn* unthätig hin und hergehen, sich herumtreiben.

slrarx m. (mhd. strich) Milchwarze der Kühe, Schafe, Ziegen.

bäslræku sw. v. (zu mhd. bestricken) *dət hund-n bäslrækl* der Schlag hat ihn gerührt. Kr.

slrspni, sw. v. (vgl. bair. strupfen ‚Laub zwischen den Fingern vom Zweige ziehen‘, Schmeller, III. 688) Johannisbeeren, Weintrauben u. dgl. mit den Fingern oder der Gabel vom Stiele herunterziehen, herabstreifen.

gäslrā‘səl, n., in R. *gäslrösəl* (zu mhd. ströu) Unterstreu.

slrduk, m., R. *slröuk* der entkörnte Maiskolben, der vom Kraut nach der Entblätterung übrig gebliebene Stiel.

slubël, m. (rum. slubeiu n. ‚seichter Brunnen‘) Wasserkrug in Treppen. Kr.

bäsumsln, sw. v. betrügen, wie auch sonst in deutschen Mundarten und überhaupt im Vulgär-Nhd.

jərlupl, adj. schussig, närrisch.

kurgain, sw. v. in R. *kurjáin* (vgl. magy. *kúrolni*) reiben, herumrutschen.

kurpartsl, n. scherzhafte Bezeichnung eines eilfertigen, unüberlegten Menschen.

kusbló, n. in R. das Seukblei.

kwai, n. (mhd. swtu) häufig als Bezeichnung eines unreinlichen, auch unsittlichen Menschen; *a huat kwaintsűrn, a hirt wá da kwai am réwédar* scherzhafte Ausdrucksweise für Schwerhörigkeit.

kwárlænk, m. das beim Zersägen eines Holzstammes sich ergebende auf der einen Seite runde Rundbrett.

aræmkwintssln, sw. v. (zu mhd. swenzeln) hin und her schlendern, laufen.

kwudarn, sw. v. eneare, besonders bei Diarrhöe.

taisbarn sw v. in R. etwas langsam, schwerfällig machen, so dass man die Zeit damit vergeudet.

talapatl m. in R. einfältiger, unbeholfener Mensch. Tölpel. Vgl. bair. tolpatš. Schmeller I, 442, iu Tirol *talpatš* Fromm. IV, 217.

tánsalprænts m. in Schafhaut gefüllter Käse.

tomkrinkl f. Typhus in Treppen und sonst. Kr.

tandsln sw. v. (zu mhd. tanten?) langsam machen, arbeiten; *da tsaü fartandsln* die Zeit durch Nichtsthun vergeuden; *tandamandə, da gá's gá buarbas* sagt man von einem schwerfälligen, unbeholfenen Menschen. Vgl. hiezu tändeln, das auch die Bedeutung ,saumselig zaudern' hat, tandern. hesslsch dantern, spielen, ,Nichtiges treiben'; rum. tanda-manda ,das Durcheinander, koflose Arbeit.'

targain sw. v. hin und her wackeln.

tarkix adj. in R. *tarkliy* (zu magy. tarka) bunt; dieses letztere Wort ist nicht volkstümlich.

tal f. von Insekten angestochene, blasenartig aufgetriebene unreife Pflaume.

tærjtal-mærjtal maxn im Geheimen, Verborgenen unerlaubte Dinge treiben; vgl. bair. daechtelmaechtel das Wirrwarr, Durcheinander, Schmeller. I, 354.

tékain sw. v. (zu *tók* f. Puppe) schön ankleiden, schmücken (wie eine Puppe). Vgl. bair. österr. döckeln, dockeln, ,putzen, zieren' *tépǝr* m. Töpfer; *ǝ lǝxt wá dǝr tépǝr wǝn-ǝ ibǝrlét*, auch nur *wá dǝr tépǝr*; damit bezeichnet man erzwungenes Lachen, gute Miene zum bösen Spiele machen.

téʒn sw. v. viel und unnötigerweise reden.

oftin sw. v., in R. *oftinǝ* auftauen.

tiriʒ adj. (zu mhd. töröht, toeröht) wahnsinnig, verrückt. oft nur scherzhaft in diesem Sinne gebraucht. Auch in Tirol *törisch* = wahnsinnig, Fromm, IV, 447.

tirtsa-pirtsa interj. wie *lari-fari* Ausdruck des Unwillens, der Geringschätzung. Kr.

tisthǝdǝr, m. (vergl. magy. tiszttartó) in R. Gutsverwalter.

tok, f. (zu magy. tok) hölzerner Behälter des Wetzsteines, den der Landmann auf das Feld mitnimmt.

tók, f. (mhd. tocke), in R. *buba* (vgl. lat. pûpa) Puppe.

torkǝln, sw. v. (mhd. torkeln) taumeln, straucheln. Kr.

troʒíku, sw. v. durchprügeln. Kr.

trǝndǝl, n. (mhd. trendel, trindel ‚Kreisel‘) Wasserwirbel. Kr.

trégǝltʒi, n. (dim. zu mhd. troc) *ǝt mǝxt ǝ trégǝltʒi* sagt man von einem Kinde, das im Begriffe ist zu weinen (mit Rücksicht auf die Oeffnung des Mundes).

tráʒníty, adj. (zu rum. tresnit) leicht in Zorn geratend.

tripstriln, Nirgendheim. *gǝǝk nú tripstriln (wó dǝ hant bilr)* sagt man spöttisch zu beschränkten Leuten. Vgl. ‚ins Pfefferland schicken.‘

gǝtríriʒ. n. Bodensatz von ausgelassener Butter.

trum, m. (mhd. drum, trum ‚Endstück‘) in R. grosses Stück: *ɑ trum flíš*.

tsadǝr, f. in R., *tsudǝr* in B. Hader, Fetzen, auch bildlich von einem unordentlichen zerlumpten Weibe gebraucht: *tsadǝrgrɑʒ* m. in R. zerlumpt aussehender Mensch.

tsadǝrn, sw. v. in R., *tsudǝrn* in B. zerren.

tsä´k, f. (vgl. magy. csák ‚Spitze‘) Spitzhaue. Kr.

tsæuǝl, m. (mhd. zingel) die Schnalle. Kr.

tsaisaidn, adv. (mhd. bi ziten) frühzeitig; auch als adj. *tsaisaidn tsalát, iǝrrinæs* frühzeitige Salat, Kartoffeln.

tsǝmpǝr, f. auch *gǝtsǝmpǝr* n. heisst man ein zimperliches Frauenzimmer.

— 79 —

fortåndsln, auch *for̃sndsln*, sw. v. (zu mhd. verschenden) verunstalten.

tsåri gó zu Grunde, bankerott gehen; vgl. österr. *z'schåri gén* scheitern, nach und nach verschwinden, Fromm. II. 90.

tsåmiχ, atsåmiχ in R., *tsamíχ* in B. lass mich sehen!

tsærpm, m. (mhd. zipf, zipfel) *ət hwəd-ən um tsærpm*, auch *um bəndəl* sagt man von einem Mädchen, das einen Geliebten für sich gewonnen hat, ihn an sich zu fesseln weiss.

utsåpm, sw. v., in R. *utsiopm* (zu mhd. zapfen, zepfen) von Flüssigkeiten (oder in solchen eingemachtem Gemüse, Obst), welche in ein Fass, eine Flasche gefüllt sind, zu nehmen anfangen.

tsæsoliχə, n. in R. als Hohlmass benütztes geflochtenes Körbchen.

tsaudn χiχ, sw. v. sich zanken.

tséjər, m. (mhd. zeiger) der ausgesteckte Wirtshauszeiger, Uhrzeiger; *gətséjər múxə* in R. etwas langsam und ostentativ machen.

tsəkåsiχ, adj. in Treppen schiel sehend, schielend.

tsærpəln, sw. v. *tsirpəln* in R. schluckweise trinken; *diər tsirpəlt gorn* sagt man von einem Gewohnheitstrinker.

tsiliterråˀχ, n. (zu mhd. saliter) der nun abgetragene ,Salpeterhügel' bei B., *tsilitərʒopm* ,Salpeterschopfen' heisst in Petersdorf ein freier Platz vor dem Schulgebäude, wo früher Salpeter erzeugt wurde.

tsinəbækəltʃə, n. in R. Ziegenböcklein: *do mér ʃu dn tsinəbækəltʃər* das Mirchen von den (sieben) Geislein; *tsækəl* n. (mhd. zickel) Zicklein; dagegen Ziege heisst *gés*, in R. *gis* (mhd. geiz).

tʃipåʃχ, adj. (zu magy. csipás) triefäugig, eiterig an den Augen.

tʃipm, auch *sipm* f. plur. Weiss- oder Buntstickerei am Vorderärmel der Hemden der Bäuerinnen, Kr.

tsiróku sw. v. in R. *tsirúku* (zu magy. czirókálni) streichelnd liebkosen.

tʃukəln sw. v. (mhd. schocken) schaukeln, sich unsicher hin und herbewegen; *tʃukelmuer* f. in R. Schaukel-, Sumpfmoor.

tsokenin, tsakahiln sw. v. (zu rum. ciocnire ‚zusammenstossen').
die gefärbten Ostereier aneinanderschlagen, um zu erproben,
welches die härtere Schule habe. Ein Kinderspiel.

tartsukt adj. (zu mhd. verzücken, verzucken) in R. verwirrt,
bethört; davon das Subst. *tartsoknas* n. thöricht, unüberlegt
handelnder Mensch.

tsarnebak m. *tsurnibuk* in R. Bezeichnung eines jähzornigen
Kindes; *æ æs grä fur tsürn, æ küst fur tsürn, æ æ;-æ tsürn-
bika* sagt man von einem zornigen Menschen.

tsutal f. Qunste. 'Troddel. Kr.

tsupriț adj. faltig, runzelig; *tsupriț wä æn pälts* in R. runzelig
wie eine (überreife) Pflaume.

tulamutiʒ adj. (zu rum. mut stumm) einfältig; *muta* einfältiger
Mensch.

tumliț adj. (zu mhd. tümeln ‚taumeln') betäubt, schwindelnd.

tuni maxn schlafen, in der Kindersprache.

tuxaln sw. v. (zu mhd. tuschen, tüscheln ‚verbergen') zuraunen,
zuflüstern. Kr.

tutal f. (zu mhd. tute, tutte), gewöhnlich im plur. weibliche
Brüste; in der Kindersprache *titi, tsitsi.*

tütsiʒ adj. matt, schläfrig. abgespannt vor dem Ausbruche einer
Krankheit.

uarmetä' f. uarmatö in R. Armut; *uaram* (mhd. arm) hat öfters
die ursprüngliche Bedeutung: beklagenswert, unglücklich;
dar uaram grüsfatar der verstorbene Grossvater, *dar uarain
taiwal, da uaram ;il.*

uashont m. Dachs in Tekendorf, *hondös* n. in R.

urgaln sw. v. (zu mhd. orgeln) in übertragenem Sinne in R.
jammern, klagen.

urgalknütsar m. (der zweite Wortteil zu knütsan drücken. mhd.
knüssen) Balgtreter bei der Orgel. Kr.

uawaiʒn n. *uʃwäʒa* in R. Diarrhöe; *farwiʒa* adv. neulich.

gawalf n. (mhd. gewelbe) 1. Gewölbe, 2. Kramladen, Kaufladen.

wælpart n. (mhd. wiltbrät) Wildbret; vgl. ostfränk. *wilpart.*
Fromm. VI. 468.

wampiʒ, adj. (zu mhd. wampe, wambe, Bauch. Wanst) dick,
plump. Kr.

wawartrǝʝ n. *wawartriχt* in R. das umzäunte Weingarten-
gebiet.

wopǝln sw. v. (mhd. wappen, ,in schwankender, zitternder Bewegung sein') wird ähnlich wie auch *iwopǝln* von der schwan-
kenden, zitternden Bewegung fetter Körperteile gebraucht.

wāt f. (zu mhd. wette) Brustatück der Hühner; *wātknáx* f.,
weil dieser Knochen zum Wetten benützt wird.

gǝwén sw. v. *gǝwinǝ* in R. (mhd. gewehenen) erwähnen.

widǝrliχtn st. w. (mhd. wëterlichen, wëterleichen) wetter-
leuchten.

wilmǝd m. *wilfrá* f. (mhd. witewe) Witwer, Witwe.

fǝrwiǝrfe st. v. (mhd. verwërfen) heisst bildl. in R. tote Junge
zur Welt bringen.

fǝráwiǝrtn sw. v. in R. *ǝʝ hu miχ mæd-ǝm fǝráwiǝrt, fǝronwiǝrt*
in B. ich habe mich mit ihm überworfen.

fǝrwiksn sw. v. *dǝt giǝlt fǝrw.*, auch *fǝrhán, fǝrjuksn, fǝrpuǝn*
das Geld durchbringen, verprassen. Vgl. öster. *fǝrwiksn*
durchbringen, verprassen Fromm. II, 90.

wirt m. (mhd. wirt) hat auf dem Lande noch die ursprüngliche
Bedeutung: ,Eigentümer und Vorsteher einer Haushaltung';
daher *ǝ gút wirt* der die Haushaltung gut versteht; *ǝ half
wirt* der im Hause der Eltern wohnende verheiratete Sohn
oder Schwiegersohn.

bǝwirtn sw. v. auf dem Lande ,das Ackerfeld düngen'; der
Landmann düngt *mǝrt ǝwuǝrtsǝr iǝrt* = Dünger.

wit f. plur. *widn* (zu mhd. wit ,Strang aus gedrehten Reisern')
gedrehtes Holz zum Zusammenbinden der Flösse.

wuǝt f. (mhd. wate) grosses Fischzugnetz.

Verzeichnis
der Bistritzer Oberrichter

auf Grund urkundlicher Quellen.

———

Von

Gymnasialprofessor Dr. Albert Berger.

————

Verzeichnis der Bistritzer Oberrichter.

Ueber die Quellen, welche der vorliegenden Arbeit zu
Grunde liegen, sei kurz Folgendes bemerkt:

Bloss zwei Richternamen (für 1403 und 1441) sind aus
Urkunden im Landesarchiv angeführt, der erstere aus einem
Erlass des Bistritzer Rates aus dem Jahre 1403, der letztere
aus einer Urkunde Königs Wladislaus I. aus 1441. Alle übrigen
Angaben sind aus Quellen im alten Bistritzer Archiv geschöpft.
Für die Zeit von 1404—1530, dann für die Jahre 1538—41,
1615—26, 1677—79, 1687—97, 1704—20, 1724—50 sind vor
allem Urkunden und Rechnungsbücher. für die Zeit von 1624
bis 1692 auch die Landgräbenrechnung Bd. 1. benützt worden,
weil für diese Zeitabschnitte die Magistratsprotokolle teils
fehlen, teils die Oberrichter nicht namentlich anführen. Für
alle übrigen Jahre waren die Magistratsprotokolle, welche mit
dem Jahre 1517 ihren Anfang nehmen, und die Kommunitäts-
protokolle (vornehmlich Bd. 1. 1606—1685) die reichhaltigste
und beste Quelle, weil sie zu jedem Jahre die Liste der neugewählten städtischen Beamten (Richter und Senatoren) an-
geben. Aber auch für diese Jahre ist die Richtigkeit der ein-
zelnen Angaben an den zahlreichen Urkunden und Briefen und
in vielen Fällen auch an den im Archive vorhandenen Steuer-
tabellen geprüft worden.

Da nun sämtliche im nachfolgenden Verzeichnisse ent-
haltenen Angaben auf urkundlicher Grundlage beruhen, sind
solche Richternamen, welche durch keine zuverlässige Quelle

bezeugt erscheinen, nicht aufgenommen worden. So hauptsäch-
lich die folgenden Oberrichter:

Georgius Kugler   für das Jahr 1317,
Ubaldus Tumels   „   „   „ 1366,
Mathias Abel   „   „   „ 1432,
Derselbe   „   „   „ 1437 und
Ulrich Tumel   „   „   „ 1457.

Georgius Kugler ist in der Urkunde vom 2. Mai 1317 (vergl.
Berger, Regesten: Nro. 9. Bistritzer Gymnasialprogramm 1892/3)
genannt, welche allerdings in der Urkunde von Nikolaus Fur-
kus und Genossen 25. Mai 1583 eingeschaltet erscheint, aber
unschwer als gefälscht und späteres Machwerk zu erkennen ist.
Die letzteren vier Oberrichter sind in dem Richterverzeichnis
von Josef Traugott Klein (Bistr. Gymnasialprogramm 1870/1)
erwähnt; ich konnte aber trotz mannigfaltigen Nachforschun-
gen die Urkunden, denen Klein diese Richternamen entnommen
haben will, nicht auffinden.

1403 Petrus Creczemer	1473 Derselbe
1404 Fabianus	1474 Derselbe
1412 Andreas Rymer (Riemer,	1475 Derselbe
Corrigiator)	1479 Derselbe
1413 Derselbe	1481 Johannes Thermann
1414 Derselbe	(Thyrmann, Mezaros)
1419 Derselbe	1485 Derselbe
1439 Georgius Wilmann	1486 Derselbe
1441 Johannes Carnifex	1487 Johannes Henrici
1452 Petrus Herthel (Herther)	1489 Derselbe
1454 Johannes Bogener	1490 Johannes Thermann
1460 Georgius Ayben (Thimar)	1492 Derselbe
der Aeltere [1])	1494 Petrus Rewel (Röwel) [3])
1461 Derselbe	1498 Derselbe
1462 Ladislaus Kunrad	1501 Michael Literatus
(Korlath)	(Schuler)
1464 Thomas Hauser(Hawzer)[2])	1502 Fabianus Eyben (Eyb,
1465 Derselbe	Iwen)
1467 Derselbe	1503 Derselbe
1468 Ladislaus Kunrad	1505 Paulus Pellifex
(Korlath)	(Pelliparius) [4])
1469 Derselbe	1506 Derselbe
1471 Georgius Eyben (Ayven,	1507 Derselbe
Thymar) der Jüngere	1508 Fabianus Eyben
1472 Derselbe	1509 Derselbe

[1]) Der Ratserlass vom 21. November 1467 führt in der Reihe der Senatoren beide Georg Ayben an und zwar den Aelteren als rangältesten Senator.

[2]) Thomas Hauser wird schon 1454 als Senator erwähnt. — Von dem für dasselbe Jahr als Senator bezeugten Jacob Creczemer heisst es in der Urkunde vom 20. December 1475, dass er Richter von Bistritz gewesen sei. Das Jahr seines Richteramtes ist nicht genannt, doch ist es wahrscheinlich, dass derselbe in den fünfziger und sechziger Jahren mehrmals Richter gewesen ist.

[3]) Petrus Rewel ist schon 1475 als Senator erwähnt.

[4]) Paulus Pellifex verblieb im Senate bis zu seinem Tode (Ende 1510).

6

1510 Johannes Weyss (Albus, Feyer) [1]
1511 Derselbe
1512 Fabianus Kyben [2]
1513 Derselbe
1514 Derselbe bis zum Herbst. hierauf Valentin Kreczmer (Pellipurius)
1515 Valentin Kugler (Kuglar, Cuelar, an einer Stelle auch Nagy genannt) [3]
1516 Derselbe

1517 Wolfgang Forster [4]
1518 Derselbe
1519 Derselbe
1520 Gabriel Schnitzer (Sculptor, Pictor, Kepiro) [5]
1521 Thomas Werner (Wallendorffer, Kürschner, Pellio, Zewch)
1522 Martin Schneider (Sartor, Zabo)
1523 Thomas Werner

---

[1] Johannes Albus (in den Steuerlisten Weysz Hannes genannt) gehörte dem Senate schon seit 1492 an, schied aber nach Beendigung seines Richteramtes aus und starb im Jahre 1519.

[2] Fabianus Kyben, der Sohn des Oberrichters Georg Kyben des Jüngeren, starb als Oberrichter im Herbst 1514; ihm folgte (aber wahrscheinlich nur als Index substitutus) Valentin Kreczmer bis zum Ende des Jahres. Derselbe verblieb bis zu seinem Tode 1520 im Senate, denn er ist für die Jahre 1517 und 1518 unter dem Oberrichter Wolfgang Forster ausdrücklich als zweitältester Senator bezeugt. — In einem Verzeichnis der Einnahmen des Aussätzigen-Spitals vom Jahre 1512 ist der damals rangältoste Senator Jacob Tarter Index Bistriciensis genannt; es handelt sich indessen bloss um eine kurze Vertretung des abwesenden Oberrichters Kyben.

[3] Valentin Kugler, bekannt durch seinen späteren Process gegen den Bistritzer Rat (vergl. Dr. R. Schuller: Wolfgang Forster, Schässburger Gymnasialprogramm 1889/90), gehörte dem Senate seit 1503 an, schied aber mit Beendigung seines Richteramtes aus und starb Ende 1522.

[4] Wolfgang Forster (vergl. die eben erwähnte Abhandlung Schullers) war infolge seiner Verheiratung mit der Witwe Agneta Pünkesch, einer Schwester des Oberrichters Fabian Kyben, einer der reichsten Männer von Bistritz. Er trat gleich als Oberrichter in den Rat ein, schied aber mit Beendigung seines Richteramtes aus und wird erst für die Jahre 1527, 1528, 1529 wieder als Senator angeführt. Er wurde zu Beginn des Jahres 1530 auf einer Reise in die Moldau auf Befehl des Moldauer Woiwoden Peter enthauptet.

[5] Gabriel Schnitzer ist zwar nicht ausdrücklich für dieses Jahr als Richter genannt; weil er aber in mehreren Urkunden (z. B. 10. Juni und 1. September 1527) als gewesener Bistritzer Oberrichter bezeichnet ist und seit dem Jahre 1511 als Senator dem Bistritzer Rate angehört, so ist es mehr als wahrscheinlich, dass sein Richteramt auf das Jahr 1520 fällt. Er stirbt Mitte 1530.

1524 Derselbe	1536 Petrus Rehner
1525 Andreas Beuchel (Pewkel.	(Reghenius, Reghenii)
Literatus, Hassy) [1])	1537 Thomas Werner [4])
1526 Derselbe	1538 Derselbe
1527 Vincentius Kürschner	1539 Derselbe
(Pellio)	1540 Valentin Kugler (Kuglar,
1528 Derselbe	Zabo)
1529 Martin Schneider [2])	1541 Derselbe
1530 Thomas Werner	1542 Derselbe
1531 Derselbe	1543 Petrus Rehner [5])
1532 Derselbe	1544 Derselbe
1533 Derselbe	1545 Valentin Kugler [6])
1534 Derselbe	1546 Mathias Szász
1535 Demetrius Creczmer [3])	(Znz, Kürschner, Pellio,
	Zewch)

[1]) Andreas Beuchel, bekannt durch sein unglückliches Ende (vergl. Dr. R. Schuller: Andreas Beuchel, Vereins-Archiv N. F. 23, 1) war von 1522 bis 1524 Ratsschreiber (luratus notarius). Er schied gleich nach Beendigung seines Richteramtes aus dem Rate aus und wurde auf Grund des gegen ihn vom Bistritzer Rate durchgeführten Verratsprocesses im Frühjahr 1533 in Bistritz enthauptet.

[2]) Martin Schneider tritt 1512 als Senator in den Bistritzer Rat ein und gehört demselben, die Jahre 1535 und 1536 ausgenommen, ohne Unterbrechung bis zu seinem Tode (Anfang 1547) an.

[3]) Demetrius Creczmer wurde im Jahre 1524 Senator und gehörte dem Rate bis zu seinem Tode (Ende 1545) an.

[4]) Thomas Werner, einer der thatkräftigsten aber auch gewaltthätigsten Männer aut dem Bistritzer Richterstuhle, trat 1517 in den Rat als Senator ein und stieg schon nach 4 Jahren zur höchsten Würde empor, welche er durch 11 Jahre bekleidete. Auf die Dauer des Richteramtes seiner beiden Gegner Andreas Beuchel (1525 und 1526) und Petrus Rehner (1536) schied er gänzlich aus dem Rate aus, behielt aber auch als „einfacher Privatmann" den grössten Einfluss auf die Leitung der öffentlichen Geschäfte. Er war der geistige Urheber des unglücklichen Endes der Oberrichter Wolfgang Forster und Andreas Beuchel. Er starb im April des Jahres 1541.

[5]) Petrus Rehner war vom Jahre 1529 angefangen (mit einer kurzen Unterbrechung am Schlusse der Richterszeit Werners) bis zu seinem Tode (25. Februar 1565) Senator.

[6]) Valentin Kugler war von 1535 1539 Senator und starb als Oberrichter im December 1545.

8*

1547 Derselbe	1565 Derselbe
1548 Vincentius Kürschner ¹)	1566 Derselbe
1549 Derselbe	1567 Derselbe
1550 Derselbe	1568 Derselbe
1551 Derselbe	1569 Derselbe
1552 Mathias Szász ²)	1570 Caspar Kürschner
1553 Derselbe	1571 Derselbe
1554 Derselbe	1572 Gregorius Daum ⁴)
1555 Gregorius Daum	1573 Derselbe
(Daumen, Thimar)	1574 Derselbe
1556 Derselbe	1575 Derselbe bis zum 17. Juni,
1557 Derselbe	von da weiter bis zum
1558 Derselbe	Ende des Jahres Caspar
1559 Caspar Kürschner (Pellio,	Kürschner als Iudex sub-
Zewch) ³)	stitutus
1560 Derselbe	1576 Caspar Budaker (Budiker,
1561 Gregorius Daum	Budaki)
1562 Derselbe	1577 Derselbe
1563 Caspar Kürschner	1578 Urban Weldner
1564 Gregorius Daum	(Schneider, Sartor, Zabo)

¹) Vincentius Kürschner trat unter dem Oberrichter Beuchel 1525 als Senator in den Rat ein und wurde schon 2 Jahre später Oberrichter. Nach Beendigung seines Richteramtes blieb er unter seinem Nachfolger Schneider noch ein Jahr im Rate, schied dann (1530) aus und wurde erst 14 Jahre später wieder zum Iudex sedis gewählt. Er starb Ende 1553.

²) Mathias Száss, im Klein'schen Verzeichnis unrichtig Matthäus Tentsch genannt, trat 1529 als Senator in den Rat ein und gehörte demselben ohne Unterbrechung bis zu seinem Tode (Anfang 1559) an.

³) Caspar Kürschner war von 1538 bis 1558 und später in den Jahren, in denen Gregorius Daum die höchste Würde bekleidete, Senator, seit dem im Jahre 1545 erfolgten Tode Rohners rangältester Senator und pro-iudex. Er starb im Jahre 1577.

⁴) Gregorius Daum war seit 1548 Senator. Er starb am 17. Juni 1575, wie folgende Anmerkung im Magistratsprotokolle dieses Jahres beweist: Decima septima die Junii ad horam 12 noctis praecedentis dominus Iudex (heu quanta cum iactura reipublicae et dolore et lacrimis civium) domino iubente in Christo pie, postquam graviter et periculose aegrotando absolvisset septimanas decem, extremum obiit diem. Sepultus vero in maxima plebis frequentia die sequenti 18 videlicet ad horam octavam. Magistrats-protokoll Bd. III.

1579 Derselbe	1601 Derselbe
1580 Caspar Budaker	1602 Georg Eifner (Eyffner de
1581 Derselbe	Kiraly Nemethi, Swez,
1582 Derselbe	Szcochy, gewöhnlich
1583 Derselbe	Georg Baierdörfer ge-
1584 Derselbe	nannt)
1585 Derselbe	1603 Derselbe
1586 Derselbe	1604 Georg Frank (an einer
1587 Urban Weidner	Stelle auch Szabó ge-
1588 Derselbe	nannt)
1589 Derselbe	1605 Derselbe
1590 Derselbe	1606 Georg Eifner
1591 Caspar Budaker [1])	1607 Derselbe
1592 Derselbe	1608 Georg Frank
1593 Urban Weidner	1609 Derselbe
1594 Johann Budaker (Budiker,	1610 Derselbe
Budaki)	1611 Georg Eifner
1595 Derselbe	1612 Derselbe
1596 Urban Weidner [2])	1613 Georg Frank
1597 Derselbe	1614 Derselbe
1598 Johann Budaker [3])	1615 Derselbe
1599 Derselbe	1616 Georg Eifner [4])
1600 Derselbe	1617 Derselbe

[1]) Caspar Budaker trat 1559 als Senator in den Rat ein und gehörte demselben ohne Unterbrechung bis zu seinem Tode an. Er starb als Oberrichter im Jahre 1592. Im Magistratsprotokoll dieses Jahres heisst es: Index huius anni generosus dominus Caspar Budiker excessit e vivis die — (Der Tag ist nicht angegeben).

[2]) Urban Weidner war seit 1559 Senator. Nach dem Tode Caspar Kürschners bekleidete er in den Jahren, in denen er nicht selbst Oberrichter war, das Amt des proiudex. Er starb im Jahre 1602 an der Pest.

[3]) Johann Budaker trat nach dem Tode Caspar Budakers 1593 als Senator in den Rat ein und wurde schon im folgenden Jahre zum Oberrichter gewählt. Die im Schreckensjahre 1602 in Bistritz wütende Pest raffte ihn als eines ihrer ersten Opfer hinweg.

[4]) Georg Eifner wurde im Jahre 1587 zum Senator gewählt und verblieb von dieser Zeit an ohne Unterbrechung bis zu seinem Tode im Rate. Er endete am 4. Juni 1618 durch Selbstmord, wie folgende Notiz im irenäischen Kalender bezeugt: Anno 1818 die 4 Junii, welcher der Pfingst-montag war, hat sich Herr Georg Baierdörffer Richter zu Nösen selbst an

1618 Georg Frank ¹)
1619 Derselbe bis Oktober, von da weiter bis zum Ende des Jahres Georgius Scholtz (Schultz) als iudex substitutus
1620 Andreas Satler (Ephippinrius, Nyerges)
1621 Derselbe
1622 Martin Budaker (Budaki)
1623 Derselbe
1624 Andreas Satler
1625 Derselbe
1626 Martin Budaker
1627 Derselbe

1628 Derselbe
1629 Caspar Wüst (Veust, Weist, Solitarius, Literatus)
1630 Derselbe
1631 Martin Budaker ²) bis 30. Juli, von da weiter Caspar Wüst ³)
1632 Derselbe
1633 Derselbe bis 7. September, von da weiter bis zum Ende des Jahres Andreas Lutsch (Wagner, Curripar)

---

sein eigen selden Gürtel gehangen im Keller und ist mit zween Rossen durch die Pharmonor (welches ein jämmerlich Spectakel war) hinaus bei den Galgen geschleifet worden. Vergl. hiezu den Ausgabsposten im städtischen Rechnungsbuch zum Jahre 1618; Juni 8 Den Czyganeren für ausschleppen eines Menschen 1 fl. Dazu die Randbemerkung von derselben Hand: Bayerdorfer.

¹) Georg Frank, seit 1594 Senator, starb im Herbst 1619. Beim Rechnungsabschluss heisst es im städtischen Rechnungsbuch zum Jahre 1619; Demortuo iudice amplissimo iudice Georgio Frank amplissimus Senatus ut (!) praecipuus senior iuratus Gregorius Scholtz loco iudicis die Thomae post rationem datam amplissimus senatus (!) et index amplissimus iuratus (!) una cum notario post trinam interrogationem centum viri liberos nos et quietos pronuntiaverunt. Gregorius Scholtz, seit 1588 Senator, wurde nach dem unglücklichen Ende Georg Elfners proiudex und starb am 28. August 1623 (Vergl. Frenälscher Kalender).

²) Martin Budaker, seit 1614 Senator, starb am 30. Juli 1631. Im Kommunitätsprotokoll Bd. I. heisst es zu diesem Jahre: Hoc anno circum. spectus dominus index huius anni vitam cum morte commutavit die 30 Julii nocte inter 1 et 2 horam.

³) Caspar Wüst war von 1619—1624 iuratus notarius, dann Senator und starb am 7. September 1651. Im eben erwähnten Kommunitätsprotokoll findet sich zur Beamtenliste des Jahres 1633 die Anmerkung: Hoc anno 1633 7 Septembris obiit in domino index patriae ac sepelitur altera die 8 Septembris, und im Magistratsprotokoll desselben Jahres heisst es: qui hoc ipso anno in domino obiit, cui in iudicatus officio substituitur dominus Andreas Lutsch. Lutsch stirbt schon im folgenden Jahre.

1634 Martin Deidrich (Seeff-
    macher, Saponarius,
    Smigmatopeus) [1])
1635 Simon Engesser (de Teka,
    Engessner, Utezäsi)
1636 Derselbe
1637 Derselbe
1638 Andreas Amendt (Végh)
1639 Derselbe
1640 Simon Engesser
1641 Derselbe
1642 Andreas Amendt [2])
1643 Derselbe
1644 Simon Engesser [3])
1645 Derselbe bis zum 24. Mai,
    von da weiter Martin

Schultz (Schultius,
    Scholtz)
1646 Martin Schultz
1647 Derselbe
1648 Georg Böhm (Behm,
    Bihm, Bohemus)
1649 Derselbe
1650 Martin Schultz
1651 Derselbe
1652 Georg Böhm
1653 Derselbe
1654 Martin Schultz
1655 Derselbe
1656 Georg Böhm
1657 Derselbe
1658 Martin Schultz [4])

---

[1]) Martin Deidrich, seit 1604 Senator, stirbt Ende 1634 als Oberrichter.

[2]) Andreas Amendt gehörte dem Rate seit 1625 als Senator an. Er starb als rangältester Senator am 7. Oktober 1644. Das Kommunitätsprotokoll Bd. I enthält über den Tod dieses Mannes folgende Anmerkung: Die septima Octobris mane obiit prudens et circumspectus vir dominus Andreas Amendt, qui etiam postea die tertia videlicet dominica sepultus est, cui dominus pastor Ipsensi contionem funebralem peregit.

[3]) Simon Engesser, seit 1619 Senator, stirbt am 24. Mai 1645: Hoc anno obiit in Christo pro tempore pater patriae noster, quem Deus resuscitet in novissimum diem ad vitam aeternam. Convocati sunt centum viri die 29 Maii ratione successionis indicatus in locum domini Simonis Engesseri piae memoriae; constitutus et electus in dominum iudicem amplissimus dominus Martinus Schultz . . . . . cum potentia plenaria iudicatus. Kommunitätsprotokoll Bd. I. — Das Magistratsprotokoll des Jahres 1645 enthält unter der Ueberschrift Novus iudex eligitur folgende Anmerkung: Amplissimo domino iudice Engessero aliquamdiu gravi morborum cruciatu divexato ipso die ascensionis domini omnium nostri salvatoris iustae ac debitae exequiae praestitae sunt. Cuius tandem loco senatus et centum virorum consulto prudens et circumspectus dominus Martinus Schultz antistes patriae substitutus est, cui divina maiestas largiatur spiritum fortitudinis longaevis annis.

[4]) Martin Schultz wurde im Jahre 1631 zum Senator gewählt. Er starb im Jahre 1661 als Abgeordneter des Bistritzer Rates im türkischen Feldlager an der Pest: Martinus Schultz hoc anno peste abreptus et mortuus ex castris Turciris domum adductus est. Kommunitätsprotokoll Bd. I.

1659	Derselbe	1671	Thomas Frühm
1660	Georg Böhm [1]	1672	Derselbe
1661	Derselbe	1673	Georg Decani (Dechany,
1662	Johann Wallendorffer		Dechan, Dechendt) [4]
	(Wallendorffius, Litera-	1674	Derselbe
	tus, Deák)	1675	Thomas Frühm
1663	Derselbe	1676	Derselbe
1664	Georg Urascher (Urischer,	1677	Martin Emrich (Emrigk,
	Urascherus)		Emerici, Imre)
1665	Derselbe	1678	Derselbe
1666	Johann Wallendorffer	1679	Thomas Frühm
1667	Derselbe	1680	Martin Emrich
1668	Georg Urascher [2]	1681	Derselbe
1669	Derselbe	1682	Thomas Frühm [5]
1670	Johann Wallendorffer [3]	1683	Derselbe
	bis 7. September, von da	1684	Martin Emrich [6]
	weiter Thomas Frühm	1685	Derselbe

[1] Georg Böhm wurde, wie das Kommunitätsprotokoll Bd. I. durch die Randbemerkung cuius electio sit fausta bezeugt, im Jahre 1660 zum Senator gewählt. Er starb am 10. Mai 1665 als proludex.

[2] Georg Urascher, seit 1650 Senator, stirbt am 27. Juli 1670: Anno hoc mense Julii die 27 in domino pie obdormivit. Komm.-Prot. Bd. I.

[3] Johann Wallendorffer war von 1635 bis 1644 iuratus notarius und dann Senator. Er starb 7. September 1670: Hoc anno die 7 Septembris hic pater patriae seu iudex in nobilem civitatis difficultatem apoplexia tactus et sic pie in domino obdormivit altera die loquela ornatus. — Die 19 Septembris praevia sollicitatione amplissimi senatus electio instituta publica per providos dominos centum viros, quorum in consessu in iudicem in pie defuncti Iohannis Wallendorffii locum electus et surrogatus vir prudens et circumspectus dominus Thomas Prümb publico et consentaneo 100 virorum suffragio. Komm.-Prot. Bd. I. Ueber die Beamtenwahl für das Jahr 1668 enthält das Kommunitätsprotokoll die Bemerkung: Die 9 mensis Februarii hoc anno (1668) propter comitia hic celebrata tantum poterat institui electio senatus.

[4] Georg Decani, seit 1649 Senator, starb als proludex im Jahre 1675.

[5] Thomas Frühm wurde im Jahre 1648 Senator. Nach dem Tode Johann Wallendorffers (7. Sept. 1670) wurde Frühm am 19. September 1679 zum Oberrichter gewählt. In der Zeit vom 7. bis 19. September hatte der Orator und Teilamtspräses Michael Gunesch die Amtsgeschäfte des Oberrichters geführt. Frühm starb am 30. November 1686.

[6] Martin Emrich, Senator seit dem Jahre 1654, starb im Sommer 1687.

1686 Derselbe	1702 Derselbe
1687 Joachim Wallendorffer	1703 Derselbe
(Wallendorffius, Litera-	1704 Derselbe
tus, Deak)	1705 Derselbe
1688 Derselbe	1706 Derselbe, von Januar *)
1689 Derselbe	bis zum Ende des Jahres
1690 Simon Rodelt (Szőcs)	vertreten durch
1691 Derselbe	Mathias Werner
1692 Joachim Wallendorffer ¹)	1707 Johann Arlt ⁴) bis zum
1693 Derselbe bis Februar, von	15. November, von da
da bis zum Ende des	weiter
Jahres .	Mathias Werner ⁵)
Simon Rodelt als substi-	1708 Derselbe
tuierter Oberrichter	1709 Derselbe bis Mai, von da
1694 Mathias Werner	weiter
1695 Derselbe	Johann Klein von
1696 Derselbe bis März, von da	Straussenburg *)
weiter	1710 Derselbe
Simon Rodelt ²)	1711 Derselbe
1697 Derselbe	1712 Derselbe
1698 Johann Klein von	1713 Derselbe
Straussenburg (Literatus)	1714 Derselbe bis Mai, von da
1699 Derselbe	weiter
1700 Derselbe	Andreas Zierner (Andreas
1701 Derselbe	Zairendt von Zierner) ⁷)

¹) Joachim Wallendorffer trat im Jahre 1672 als notarius iuratus in den Rat ein. Er blieb in dieser Stellung bis zum 7. Juni 1679, an welchem Tage Franz Schubel zum Ratsnotarius gewählt wurde. Wallendorffer starb als Oberrichter im Februar 1693.

²) Simon Rodolt, seit dem Jahre 1679 Senator, starb im Frühling 1706.

³) Im Januar 1700 begab sich Johann Klein zu längerom Aufenthalte nach Hermannstadt; er wurde bis zum Ende des Jahres durch den proiudex Martin Werner vertreten.

⁴) Johann Arlt, seit 1687 Senator, musste wegen Kränklichkeit sein Amt im November 1707 niederlegen und starb Anfang 1708.

⁵) Mathias Werner, Senator seit 1680, starb im Jahre 1712.

⁶) Johann Klein von Straussenburg war von 1689 bis 1696 Ratsnotarius. Er starb im Mai 1714.

⁷) Andreas Zierner, von 1696 bis 18. April 1703 Ratsnotarius, dann Senator, starb im April 1716.

7

1715 Derselbe	1735 Derselbe
1716 Derselbe bis April, ihm folgt	1736 Derselbe
	1737 Derselbe
Samuel Bedacus (Bedö) [1])	1738 Derselbe
1717 Derselbe	1739 Derselbe
1718 Derselbe	1740 Derselbe
1719 Derselbe	1741 Derselbe
1720 Georg Gütsch (Gieos, Giets)	1742 Stefan Seiwerth von Rosenberg
1721 Derselbe	
1722 Derselbe	1743 Derselbe
1723 Derselbe	1744 Daniel Klein
1724 Daniel Klein	1745 Derselbe
1725 Derselbe	1746 Stefan Seiwerth von Rosenberg
1726 Derselbe	
1727 Derselbe	1747 Derselbe
1728 Derselbe	1748 Derselbe
1729 Derselbe	1749 Derselbe
1730 Georg Gütsch [2])	1750 Derselbe bis 4. März [4]) dann
1731 Derselbe bis 9. November, dann	Georg Gottlieb Töckelt (Tekelt)
Daniel Klein [3])	
1732 Derselbe	1751 Georg Gottlieb Töckelt
1733 Derselbe	1752 Derselbe
1734 Derselbe	1753 Derselbe [5])

[1]) Samuel Bedacus wurde 1695 zum Senator gewählt. Er starb im Jahre 1721 als proludex.

[2]) Georg Gütsch, seit 1708 Senator, starb als proludex im Mai des Jahres 1737.

[3]) Daniel Klein wurde im Jahre 1709 zum Senator gewählt. Er starb als Oberrichter am Ende des Jahres 1745.

[4]) Stefan Seiwerth legte am 4. März 1750 sein Amt nieder. Im Magistratsprotokoll dieses Jahres heisst es: Die 4ta Martii est plurima per vota communitatis generosus dominus Georgius Tokelt pro ludice primario erwehlet und Jurirol worden.

[5]) Im Jahre 1753 war Oberrichter Töckelt häufig auf Reisen und musste auch wegen Kränklichkeit öfters durch den Senator Joachim Schnell vertreten werden, da auch der eigentliche proludex Stefan Seiwerth erkrankt war. Daraus erklärt sich die falsche Annahme J. Traugott Kleins, dass im Jahre 1753 Schnell Oberrichter gewesen sei. Dieser wird im Magistratsprotokoll ausdrücklich nur als ludex interimalis bezeichnet.

1754 Derselbe bis zum 26. Mai.[1])
dann
Stefan Seiwerth von Ro-
senberg
1755 Derselbe bis Ende Jan.,[2])
dann
Georg Gottlieb Töckelt
1756 Derselbe bis 8. Januar,
ihm folgt
Joachimus Schnell als
iudex primarius substi-
tutus
1757 Derselbe bis 18. Februar,
dann
Johann Friedrich Klein
von Straussenburg
1758 Derselbe
1759 Derselbe
1760 Derselbe
1761 Derselbe
1762 Sigismund Konrad
Dinges

1763 Derselbe
1764 Derselbe bis 20. Juni,[3])
hierauf
Johann Friedrich Klein
von Straussenburg
1765 Derselbe
1766 Derselbe
1767 Derselbe bis 26. März.
dann
Sigismund Konrad
Dinges
1768 Derselbe
1769 Derselbe bis 1 Juli, von
da weiter
Johann Friedrich Klein
von Straussenburg
1770 Johann Friedrich Klein
von Straussenburg
1771 Derselbe
1772 Derselbe bis 6. Juni, dann
Sigismund Konrad
Dinges[4])

---

[1]) Am 26. Mai nämlich langt mittelst Hofdekret die Bestätigung der am 9. November 1753 vorgenommenen Wahl an und die damals gewählten Beamten werden eingesetzt.

[2]) Stefan Seiwerth wurde im Jahre 1725 als Nachfolger Johann Frank's Ratsnotarius und verblieb in dieser Stellung bis 1729. Er starb Ende Januar 1755. An seine Stelle rückte der proiudex Töckelt vor, der jedoch abermals wegen Kränklichkeit durch die Senatoren Joachim Schnell und Georg Gunesch vertreten wurde. Töckelt, seit 1731 Ratsnotarius, starb am 3. Januar 1758. Nach seinem Tode führte Schnell die Amtsgeschäfte des Oberrichters, bis endlich am 7. Januar 1757 die Bestätigung der am 21. November 1755 vollzogenen Neuwahl erfolgte und die Einsetzung der neugewählten Beamten am 18. Februar vorgenommen werden konnte. Joachim Schnell wurde im Jahre 1725 Amtnuensis, 1728 Vicenotär und am 5. März 1730 Senator; sein Todesjahr ist unbekannt.

[3]) Anfang Juni 1764 trifft die Bestätigung der am 6. Oktober 1763 vollzogenen Neuwahl ein und am 20. Juni findet die feierliche Einsetzung der neugewählten Beamten statt.

[4]) S. Konrad Dinges, seit 1750 Senator, stirbt im Jahre 1778.

1773 Derselbe
1774 Derselbe
1775 Derselbe bis 20. April, [1])
   hierauf Johann Friedrich
   Klein von Straussenburg
1776 Derselbe
1777 Derselbe bis 4. Juni [2]),
   dann
   Johann Frank
1778 Derselbe
1779 Derselbe bis 6. September, dann
   Georg Gottlieb Töckelt
   (Tekelt)
1780 Derselbe

1781 Derselbe bis 20. November, hierauf
   Johann Frank [3])
1782 Derselbe bis 13. September, von da bis 25. Okt.
   Georg Gottlieb Töckelt,
   hierauf
   Johann Friedrich Klein
   von Straussenburg
1783 Derselbe
1784 Derselbe bis 18. Februar,
   hierauf
   Georg Gottlieb Töckelt
1785 Georg Gottlieb Töckelt [4])
1786 Derselbe

---

[1]) Die im Herbst 1774 vollzogene Neuwahl der Beamten wurde mittelst Hofdekret vom 13. Februar 1775 bestätigt. Die feierliche Einsetzung fand am 29. April 1775 statt.

[2]) Wegen andauernder Krankheit wurde Johann Friedrich Klein vom Januar his 4. Juni 1777 durch seinen Bruder Paul Karl Klein von Straussenburg vertreten.

[3]) Johann Frank wurde Ende der fünfziger Jahre zum Senator erwählt. Er starb als Oberrichter am 13. September 1782. Kurz vor seinem Tode übergab er die „richterlichen Insignien" dem proindex Töckelt und betraute ihn mit seiner Stellvertretung. Als nun Töckelt nach dem Tode Franks das Amt des stellvertretenden Oberrichters weiter führen wollte, erhob Johann Friedrich Klein dagegen Einsprache, indem er als rangältester Senator und proindex das Recht der Stellvertretung für sich beanspruchte. Da Magistrat und Kommunität sich nicht für berechtigt hielten, diesen Streit zu entscheiden, brachte Klein seine Beschwerde höheren Orts ein und bewirkte, dass mittelst Gubernialerlass vom 1. Oktober 1782 Z. 7206 die Führung des Oberrichteramtes ihm übertragen wurde. Weil aber Klein, am Abend seines Lebens stehend, häufig krank war, musste Töckelt im Laufe des Jahres 1783 öfters als stellvertretender Oberrichter fungieren. Klein blieb übrigens Magistratspräses bis zum 18. Februar 1784, an welchem Tage der am 14. November 1783 gewählte und mittelst Hofdekret vom 29. Januar 1784 bestätigte Georg G. Töckelt als Oberrichter installiert wurde.

[4]) Georg Gottlieb Töckelt, ein Sohn des am 3. Januar 1766 verstorbenen Oberrichters Töckelt, trat am 13. März 1757 als Amanuensis seinen Dienst beim Magistrate an und wurde am 1. Februar 1763 Senator. Mittelst Gubernialdekret vom 15. Dezember 1787 Z. 1835 wird er „wegen von ver-

1787 Derselbe
1788 Daniel Ziegler
1789 Derselbe
1790 Derselbe
1791 Derselbe
1792 Derselbe bis 9. November, dann
    Daniel Dinges ¹)
1793 Derselbe

1794 Derselbe
1795 Derselbe bis 27. April *),
    hierauf
    Johann Gottlieb Schaller,
    Freiherr von Löwenthal
1796 Derselbe
1797 Derselbe bis 30. September *), dann
    Franz Xaver Pöckh

---

schiedenen Partheien abgelockten nicht unbeträchtlichen Geschenken seines Amtes enthoben und zu allen ferneren öffentlichen Dienstleistungen für unfähig erklärt" und der bisherige Villicus Daniel Ziegler zum Stadtrichter ernannt. Erst Ende 1790 wird mittelst Hofrescripts vom 20. September 1790 „der gewesene Stadtrichter Georg Töckell von der wegen angenommenen Geschenken über denselben verhängten Strafe der Unfähigkeit zu ferneren Amtsführungen allergnädigst freigesprochen" und am 1. August 1791 auf Verwendung Brockenthals als Senator wieder eingesetzt. Im Februar 1797 trat Töckell bei Gelegenheit der Reorganisation des Magistrats aus und starb wahrscheinlich Anfang 1798. — Die Ernennung Zieglers zum Oberrichter nahm übrigens der Magistrat folgendermassen zur Kenntnis: „Gleichwie der Magistrat immer beflissen gewesen jede höhere Befehle mit thätigem Eifer in Erfüllung zu bringen, also wird auch gegenwärtig seine unterthänige Pflicht erheischen in Gemässheit belobter hoher Anordnung den von Sr. Excellenz Herrn königl. Districtscommissär Grafen Adam Telekl gnädig ernannten Herrn Stadtrichter Daniel Ziegler der hiesigen Gemeinde vorzustellen." Magistratsprotokoll ex 1787.

¹) Daniel Dinges, seit 1776 Senator, wurde Anfang 1792 zum Oberrichter gewählt und mittelst Hofdekret vom 25. August 1792 bestätigt. Seine Installation erfolgte am 9. November 1792. Er starb 1802.

*) Im November 1794 wurde Johann Gottlieb Schaller, Freiherr von Löwenthal, zum Oberrichter gewählt und nach Bestätigung der Wahl am 27. April 1795 in sein Amt eingesetzt. Ende dieses Jahres starb der langjährige Oberrichter Johann Friedrich Klein von Straussenburg als proludex. Er hatte fast 60 Jahre ununterbrochen im Dienste des Magistrats verbracht, denn schon am 25. Januar 1737 erhielt er, die Universität eben verlassend, als Sohn des gewesenen Oberrichters Daniel Klein das „officium vicenotariatus". — Sein Bruder Paul Karl Klein von Straussenburg starb am 12. Februar 1785.

*) Am 30. September 1797 legte Freiherr von Löwenthal sein Amt nieder und Franz Xaver Pöckh wurde stellvertretender Oberrichter, bis am 10. März 1798 die Bestätigung seiner Wahl erfolgte.

1798 Franz Xaver Pöckh [1]
1799 Derselbe bis 15. Juli,
    dann
    Martin Pfingstgräf
1800 Derselbe
1801 Derselbe
1802 Derselbe
1803 Derselbe
1804 Derselbe
1805 Derselbe bis 9. Mai.
    hierauf
    Johann Gottlieb Schaller,
    Freiherr von Löwenthal
1806 Derselbe
1807 Derselbe
1808 Derselbe
1809 Derselbe
1810 Derselbe [2]
1811 Martin Pfingstgräf

1812 Derselbe
1813 Derselbe
1814 Derselbe bis 16. März [3],
    dann
    Johann Gottlieb Schaller,
    Freiherr von Löwenthal
1815 Derselbe
1816 Derselbe bis 28. Februar,
    hierauf
    Martin Pfingstgräf
1817 Derselbe
1818 Derselbe
1819 Derselbe
1820 Derselbe
1821 Martin Pfingstgräf [4]
1822 Derselbe
1823 Derselbe
1824 Derselbe
1825 Derselbe

---

[1] Wegen Krankheit wurde Pöckh vom 10. Oktober 1798 bis zum 22. April 1799 durch den Senator Michael Bertleff vertreten. Pöckh starb, nachdem er 22 Jahre im Dienste des Magistrats zugebracht hatte, im Jahre 1800. Sein Nachfolger Martin Pfingstgräf wurde am 15. Juli 1799 installiert, nachdem seine Wahl zum Oberrichter durch Hofdekret vom 8. März 1799 bestätigt worden war.

[2] Ende des Jahres 1810 legt Freiherr von Löwenthal sein Amt nieder und Martin Pfingstgräf wird am 3. Januar 1811 als Oberrichter eingesetzt.

[3] Am 16. März 1814 erfolgt die Installation des Freiherrn von Löwenthal; allein schon am 18. April erkrankt derselbe so schwer, dass er bis zu seinem Tode (28. Februar 1816) die Amtsgeschäfte des Oberrichters zu führen nicht mehr im Stande war. Mit seiner Stellvertretung für diese Zeit wurde der proludex Martin Pfingstgräf betraut. Derselbe wurde nach dem Tode Löwenthals zum Oberrichter gewählt und nach erfolgter Bestätigung am 30. Dezember 1816 installiert.

[4] Martin Pfingstgräf wurde am 13. September 1826 durch den anwesenden Comes Johann Wachsmann auf eigenes Ansuchen wegen seiner hohen Altersschwäche und häuslichen Trübsalen seines Dienstes enthoben und der neugewählte Johann Gottfried Lanl als Oberrichter-Stellvertreter eingesetzt. Pfingstgräf starb am 8. Februar 1827.

1826 Derselbe bis 13. September, dann
Johann Gottfried Lani ')
1827 Derselbe
1828 Derselbe
1829 Derselbe
1830 Derselbe
1831 Derselbe bis 20. Juni. hierauf
Daniel Gottfr. Connerth ')
1832 Derselbe
1833 Derselbe
1834 Derselbe
1835 Derselbe bis 8. Februar, dann
Johann Pöckh, Edler von Arnonenschild ')
1836 Derselbe

1837 Derselbe
1838 Derselbe
1839 Derselbe bis 14. Oktober. hierauf
Johann Emanuel Max von Regius ')
1840 Derselbe
1841 Derselbe
1842 Derselbe
1843 Derselbe
1844 Derselbe
1845 Derselbe
1846 Derselbe
1847 Derselbe bis 18. Dezember, dann
Georg Gottlieb Filkenl
1848 Georg Gottlieb Filkeni ')
1849 Derselbe

') Johann Gottfried Lani, Senator seit 11. Mai 1805, wurde am 22. Juni 1829 neuerdings zum Oberrichter gewählt. Die Bestätigung dieser Wahl erfolgte mittelst Hofdekret vom 30. April 1831 ; allein Lani starb schon am 20. Juni 1831

') Daniel Gottfried Connorth, seit 25. Mai 1807 Senator, wurde am 26. September 1831 zum Oberrichter gewählt und nachdem diese Wahl mittelst Hofdekret vom 26. November 1831 bestätigt worden war, am 23. Februar 1832 feierlich in sein Amt eingesetzt. Er starb als Oberrichter am 8. Februar 1835.

') Johann von Pöckh, Senator seit 3. Januar 1811, wurde mittelst Hofdekret vom 28. Oktober 1835 als Oberrichter bestätigt und am 28. Dezember 1835 installiert. Er blieb Oberrichter bis 14. Oktober 1839, wurde dann Distriktsrichter, bis am 18. Dezember 1847 seine Pensionierung auf eigenes Ansuchen erfolgte. Er starb im Alter von 81 Jahren am 8. April 1850.

') Johann Emanuel Max von Regius, seit 17. April 1811 Senator, wurde mittelst Hofdekret vom 1. August 1839 als Oberrichter bestätigt und am 14. Oktober desselben Jahres eingeführt. Am 18. April 1847 reichte er zugleich mit Pöckh sein Pensionsgesuch ein, worauf am 18. Dezember 1847 die Versetzung in den Ruhestand erfolgte. Regius starb am 3. Mai 1860.

') Georg Gottlieb Filkeni, Senator seit 30. April 1831, wurde am 28. Juni 1847 zum Oberrichter gewählt und mittelst Hofdekret vom 14. Oktober 1847 bestätigt. Die Amtseinführung geschah am 18. Dezember 1847. Filkeni starb als Oberrichter am 20. Oktober 1852. Ihm folgte Johann Daniel Stebriger

1850 Derselbe
1851 Derselbe
1852 Derselbe bis 29. Oktober, ihm folgt als Bürgermeister Johann Daniel Stebriger
1853 Derselbe
1854 Derselbe
1855 Derselbe
1856 Derselbe
1857 Derselbe
1858 Derselbe
1859 Derselbe
1860 Derselbe
1861 Derselbe, vom 30. Okto-

ber weiter als Oberrichter [1]
1862 Derselbe
1863 Derselbe
1864 Derselbe
1865 Derselbe bis 8. Oktober, hierauf Franz Schmidt [2]
1866 Derselbe
1867 Derselbe
1868 Derselbe
1869 Derselbe
1870 Derselbe
1871 Derselbe bis 31. Dezember, mit welchem Tage das Oberrichteramt erlischt [3].

---

als Bürgermeister, da mit 1. November 1852 die kais. kön. Gerichtsbehörden und mit 1. Jannar 1853 die kais. kön. Verwaltungsbehörden ihre Thätigkeit begannen.

[1] Am 3. Oktober 1861 wurde Johann Daniel Stebriger als Oberrichter installiert, nachdem seine Wahl mittelst Hofdekret vom 14. Juni 1861 Z. 1867 bestätigt worden war. Er starb als Oberrichter am 8. Oktober 1865.

[2] Franz Schmidt, der letzte Oberrichter, wurde am 28. April 1868 gewählt und mittelst Hofdekret vom 18. Juni 1866 Z. 2597 als Oberrichter bestätigt.

[3] Als infolge Aufstellung der kön. ung. Gerichtshöfe die selbstständige Gerichtsorganisation des Nachsenlandes beseitigt worden war und auch in Bistritz das Amt des Stadt- und Distrikts-Oberrichters mit dem 31. Dezember 1871 aufgehört hatte, ging Schmidt am 1. Jannar 1872 als Bezirksrichter zum Bistritzer kön. ung. Bezirksgerichte über. Er starb am 20. Februar 1876.

www.ingramcontent.com/pod-product-compliance
Lightning Source LLC
Chambersburg PA
CBHW020027030726
47499CB00007B/2300